U0083770

古典詩歌研究彙刊

第十六輯

龔鵬程 主編

第10冊

范成大七絕研究

張 健 著

國家圖書館出版品預行編目資料

范成大七絕研究／張健 著 -- 初版 -- 新北市：花木蘭文化出版社，2014〔民 103〕

目 18+182 面；17×24 公分

（古典詩歌研究彙刊 第十六輯；第 10 冊）

ISBN 978-986-322-828-8（精裝）

1.（宋）范成大 2.宋詩 3.詩評

820.91 103013519

古典詩歌研究彙刊

第十六輯 第十冊 ISBN：978-986-322-828-8

范成大七絕研究

作 者 張 健

主 編 龔鵬程

總 編 輯 杜潔祥

副總編輯 楊嘉樂

編 輯 許郁翎

出 版 花木蘭文化出版社

負 責 人 高小娟

聯絡地址 235 新北市中和區中安街七二號十三樓

電話：02-2923-1455／傳眞：02-2923-1452

網 址 http://www.huamulan.tw 信箱 hml 810518@gmail.com

印 刷 普羅文化出版廣告事業

初 版 2014 年 9 月

定 價 第十六輯 21 冊（精裝）新台幣 32,000 元

范成大七絕研究

張　健著

作者簡介

張健，著名詩人、散文家、評論家。

曾任台大中文系專任教授、外文研究所博士班教授、文化大學中文系專任教授、香港新亞研究所客座教授、馬來西亞新紀元學院中文系客座教授、武漢中南財經大學教授、中山大學、彰化師大、臺北藝術大學教授、藍星詩社主編、《現代文學》編輯委員、世界華文詩人協會創會理事、中國時報專欄作家、中央研究院中國文哲所訪問學人、文建會文藝創作班詩班主任、國家文藝獎、金鼎獎、金鐘獎、教育部文藝獎、中國時報文學獎等評審委員。現為台大中文系兼任教授。著有詩集、散文、小說、學術著作、傳記、影評等一百二十餘種。

提　　要

范成大為南宋四大詩人之一，他的田園四時歌尤為著名。

本書專探研他的七言絕句，分十二類加以賞析、討論：

一、田園詩
二、寫景詩
三、節令詩
四、詠物詩
五、生活詩
六、友誼人物詩
七、旅遊詩
八、古跡詩
九、詠史詩
十、詠畫詩
十一、哲理詩
十二、民生與民歌

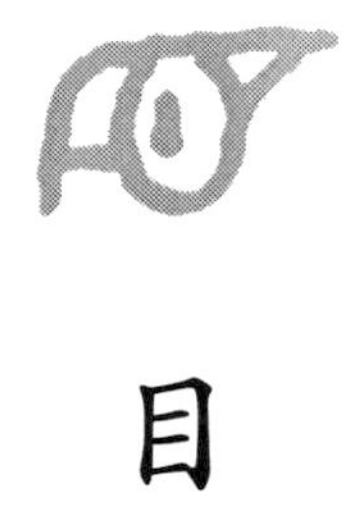

目次

前言

范成大是南宋四大詩人之一，吾意在陸游、楊萬里、陳與義之後，他可以列名第四。

成大字致能，號石湖居士，平江府（今江蘇蘇州）人，生於宋欽宗靖康元年六月初四，卒於光宗紹熙四年九月初五（1126-1193），享年六十八歲。

成大少年連遭親喪，孤貧自學，隱居山中十年不出，二十八九歲始出應舉，中紹興 24 年（1154）進士。歷任徽州司戶參軍、樞密院編修、秘書省正字、校書郎兼國史院編修，著作佐郎等。乾道六年（1170），因虞允文之薦，被命以起居郎借資政殿大學士，爲祈請國信使，使金。一度引退。淳熙元年（1174）除敷文閣待制、四川制置使，知成都府。三年因病引退，十一月除權禮部尚書，五年四月，以中大夫參知政事，權監修國史、日曆。後又歷任知建康府兼行宮留守等職。紹熙四年九月終，諡文穆。

成大仕途坎坷，但爲地方官時，興水利、卹貧民、除弊政、建良法，所至有聲。禮賢下士，仁民愛物，樂善不厭，全力以赴。

成大詩共一九一六首，七絕約占四分之一強，本書擇其尤好者賞析討論之。

他的詩風，典雅標致、端莊婉約、清新嫵麗、奔逸儁偉、溫潤精緻、秀淡婉峭，爲一代名家。

本書將成大七絕析分爲田園、寫景等十二類，依序研究之。

壹、田園

一、四時田園雜興六十首

淳熙丙午，沉痾少紓，復至石湖舊隱，野外即事，輒書一絕，終歲得六十篇，號〈四時田園雜興〉。

按石湖在蘇州西南，接吳江縣界，與太湖通。湖上有石刻大士像。湖山映帶，風景絕勝。淳熙丙午為十三年（1186），時成大六十一歲。

柳花深巷午鷄聲，桑葉尖新綠未成。
坐睡覺來無一事，滿窗晴日看蠶生。（富壽蓀標校《范石湖集》，上海古籍出版社，2013 年版，卷 27，頁 372）

首句寫地點、景、聲。

二句詠桑葉，爲四句作伏筆。

三句午睡醒來。

四句看蠶。按蠶之初生，不可用荻掃之，宜用桑葉細切如絲髮，摻淨紙上，卻以蠶種覆於上，其子聞香自下。

二、同題之二

土膏欲動雨頻催，萬草千花一餉開；
舍後荒畦猶綠秀，鄰家鞭筍過牆來。（同上）

首句寫春日插秧播種時情形。

次句花草一時齊萌，千萬之盛。

三句荒土猶綠。

四句竹性愛向西南引，故筍鞭——竹也，自然伸過牆來。

上詩寫蠶，此首詠竹。

三、同題之三

高田二麥接山青，傍水低田綠未耕；
桃杏滿村春似錦，踏歌椎鼓過清明。(同上)

首句詠田中麥，接山青，景明媚。

次句謂低田尚未耕作。

三句桃李花開，「似錦」乃常喻，仍切實。

四句歌聲鼓聲齊鳴：江南清明光景也。

四句各述一事，而節令風光悠然在目。

四、同題之四

老盆初熟杜茅柴，携向田頭祭社來。
巫媼莫嫌滋味薄，旗亭官酒更多灰。(同上)

按宋代榷酎之法，城內皆置務釀酒，縣鎮鄉閭或許民釀而定其歲課。官酤醞齊不良，酒多醨薄。

首句老盆指造酒之桶。酒熟時以茅柴塞住老盆之口。

二句以此祭社。

三句謂老人家不要嫌酒味薄。

四句謂官酒品質更差。

此詩詠社酒，末二句已寓諷意。

五、同題之五

社下燒錢鼓似雷，日斜扶得醉翁回。
青枝滿地花狼藉，知是兒孫鬥草來。(同上)

首句寫社日燒紙錢並擂鼓。

次句黃昏醉翁由人扶歸，猶今人之拜拜。

三句詠枝葉花之滿地狼藉。

四句說明是小孩鬥草的場景。

四句說三事，社日之熱鬧已盡見矣。

六、同題之六

騎吹東來里巷喧，行春草馬鬧如烟。

繫牛莫礙門前路，移繫門西碌碡邊。（同上）

首句寫春日車馬之盛。

次句繼之。「鬧如烟」乃巧喻。

三句農家之牛爲家中寶，故繫牛須愼。

四句實寫，繫在碌碡邊較妥，不會礙路。

碌碡，農具，以石（或木）爲圓筒形，中貫以軸，外施木框，曳行而轉壓之，以平場圃。

平平實實，一幅鄉村好圖畫。

七、同題之七

寒食花枝插滿頭，蒨裙青袂幾扁舟。

一年一度遊山寺，不上靈巖即虎丘。（同上）

此詩亦寫寒食、清明風景。

首二句描繪婦女形象：花插滿頭，美裙麗衣，以舟爲遊具。

後二句並言遊山拜寺，蘇州近郊，靈巖寺、虎丘山是最有名、人氣最旺的。

此詩四句一以貫之。

八、同題之八

郭裏人家拜掃回，新開醪酒薦青梅。

日長路好城門近，借我茅亭煖一杯。（同上）

首句仍寫清明掃墓拜祖事。

次句喝酒嘗青梅。

三句寫旅途，甚爲溫馨。

四句云：路上乏了渴了，遇茅亭則請求借火煖一盃酒。或許茅亭即酒肆也。

太平歲月的鄉村光景！

九、同題之九

步屧尋春有好懷，雨餘蹄道水如杯。
隨人黃犬攙前去，走到溪邊忽自迴。（同上）

首句悠然散步尋春。

二句馬路上有不少積水。「如杯」奇喻。

三句因隨興而行，竟跟著黃犬走去。

四句至溪邊而返。興盡矣！

一幅散步圖！

十、同題之十

種園得果廑償勞，不奈兒童鳥雀搔。
已插棘針樊筍徑，更鋪漁網蓋櫻桃。（卷 27，頁 373）

首句寫種園得果之辛苦。

次句果實已生，兒童爭吃，鳥雀亦來湊趣。

三、四句是農家採取的兩種防範措施；兒童走開，鳥雀莫竊！

平平實實，諧趣中有辛酸。

十一、同題之十一

吉日初開種稻包，南山雷動雨連宵。
今年不欠秋田水，新漲看看拍小橋。（同上）

首句種稻包：淨淘稻種，浮者去之，秋則生稗，漬經三宿，漉出納草篅裹之；復經三宿，芽生長二分，一畝三升擲。

次句謂雷雨興，正宜春耕。

三句直承二句。

四句悠閒看水勢之旺。

農耕之樂盡在此中。

十二、同題之十二

桑下春蔬綠滿畦，菘心青嫩芥薹肥。
溪頭洗擇店頭賣，日暮裹鹽沽酒歸。（同上）

首句寫蔬菜之茂盛。

次句細寫不同的菜蔬。

三句洗淨了賣人。

四句得錢買鹽買酒欣然回家。

全詩不加修飾，純然是一本農家種菜的生活經。

使讀者眞如身歷其境。

十三、同題之十三

紫青蓴菜卷荷香，玉雪芹芽拔薤長。
自擷溪毛充晚供，短篷風雨宿橫塘。（同上）

首二句寫三種菜蔬加一種花，搭配得很勻淨。這是晚春的鄉村。

三句再加一物。

四句詠漁家風光

十四、同題之十四

湖蓮舊蕩藕新翻，小小荷錢沒漲痕。
斟酌梅天風浪緊，更從外水種蘆根。（同上）

蓮子與藕本爲近鄰，此處以「新翻」對「舊蕩」，甚爲別致。

二句荷錢者，睡蓮之荷葉也，沒漲痕，未見水漬。

三句斟酌酷似姜白石的「商略黃昏雨」，一風一雨遙應。

四句再添一物。

農家風味，十分濃郁。

十五、同題之十五

蝴蝶雙雙入菜花，日常無客到田家。
雞飛過籬犬吠竇，知有行商來買茶。（同上）

首句寫實而美。

次句實說而眞。

三句雞犬騷然，是針對二句而發。

四句說出原由，正由二句引來。

由菜花到茶，是一首小小協奏曲。

十六、同題之十六

湔裙水滿綠蘋洲，上巳微寒懶出遊。
薄暮蛙聲連曉鬧，今年田稻十分秋。

首句洗裙水滿，蘋洲好風光。

次句說明時間及農家心情。

三句蛙鳴，至關緊要。蓋吳地以上巳蛙鳴，知無水災。

四句云今年準可豐收。「秋」字雖爲湊韻，卻亦十分正確。

由裙而稻，別饒風味。

十七、同題之十七

新綠園林曉氣涼，晨炊早出看移秧。
百花飄盡桑麻小，夾路風來阿魏香。（同上）

首句園林曉涼，四字化七字。

次句寫農家移秧。

三句花落桑麻漸長。

四句阿魏，多年生草本，高二三尺，葉有缺刻，柄扁平包莖，花小，黃色！其枝幹中出乳液，味極臭，供藥用。但其花仍芳香。

秧、桑、麻、阿魏，四物成夏。

十八、同題之十八

三旬蠶忌閉門中，鄰曲都無步往蹤。
猶是曉晴風露下，采桑時節暫相逢。（同上）

首句謂養蠶有三十日密閉戶中。

次句家家忙蠶事，故外少行踪。

三句寫景製造氣氛。

四句採桑時偶逢，與二句對擊。

十九、同題之十九

汙萊一稜水周圍，歲歲蝸廬沒半扉。
不看茭青難護岸，小舟撐取葑田歸。（同上）

首句寫萊菜。

次句詠水淹茅蘆，夏水足也。

三句茭白在水邊生長。

四句寫小舟行踪。

字字寫眞生活。

二十、同題之二十

茅針香軟漸包茸，蓬櫑甘酸半染紅。
采采歸來兒女笑，杖頭高挂小筠籠。（同上）

首句茅針，茅花也，茅初生苗，味甘平。描寫其形貌甚切。

次句蓬櫑，水果名，五字形容淋漓盡致。

三句謂兒女喜得佳果。

四句杖頭挂竹籠，以容水果也。

二十一、同題之二十一

穀雨如絲復似塵，煮瓶浮蠟正嘗新。
牡丹破蕚櫻桃熟，未許飛花減卻春。（同上）

首句以絲、塵形容穀雨節的雨，十分生動入神。

次句詠酒。

三句牡丹、櫻桃亮相。

四句不因百花之謝而減春色，蓋牡丹天香國色、櫻桃殷紅誘人也。

二十二、同題之二十二

雨後山家起較遲，天窗曉色半熹微。
老翁欹枕聽鶯囀，童子開門放燕飛。（卷27，頁374）

首句寫實。

次句寫景。

三句聽鶯。

四句放燕。

三四句一翁一童，一聽一放，相對成趣。人與自然，固合一矣。

二十三、同題之二十三

海雨江風浪作堆，時新魚菜逐春回。
荻芽抽筍河魨上，楝子開花石首來。（同上）

首句一雨一風一浪，連綿不絕。

二句魚與菜似又回到春天。

三句荻芽、嫩筍、魨魚為三物，皆江南好物事也。

四句楝花，落葉喬木，高二三丈，夏天開花，五瓣，淺紫色。石首魚，腹中有石，如棋，故名。此句一花一魚，正應合二句。

二十四、同題之二十四

烏鳥投林過客稀，前山煙暝到柴扉。
小童一棹舟如葉，獨自編闌鴨陣歸。（同上）

前二句寫鄉村黃昏景色。烏入客少，大地一片烟靄。

三句人物舟楫鮮明如畫。

四句編闌，猶趕緯。所謂趕鴨子回窩也。

二十五、同題之二十五

梅子金黃杏子肥，麥花雪白菜花稀。
日長籬落無人過，惟有蜻蜓蛺蝶飛。（同上）

首句二菓：梅、杏，夏初時也。

次句麥花菜花，菜花黃，盡在不言中。

三句一抑，助興也。

四句蜻蜓、蝴蝶，上配梅子、杏子、春花、菜花，色澤繽紛，動靜兼具，一幅鄉野圖畫，何等美麗！

二十六、同題之二十六

五月江吳麥秀寒，移秧披絮尚衣單。
稻根科斗行如塊，田水今年一尺寬。（同上）

首句麥秀獨滲寒意。

次句移秧，而人穿單衣。

三句寫蝌蚪慢行，如一塊塊泥土，妙。

四句詠田水充足。

植物、動物交奏。

二十七、同題之二十七

二麥俱秋斗百錢，田家喚作小豐年。
餅爐飯甑無饑色，接到西風熟稻天。（同上）

首句謂大麥小麥秋收有望，一斗值百錢。

次句緊接之，小豐年！

三句有餅有飯，一無所缺。

四句「西風」添趣，以代秋季。春熟稻亦熟。

麥前稻後，餅（麥之所製）、飯（稻之所煮）在中，允矣。

二十八、同題之二十八

百沸繰湯雪湧波，繰車嘈囋雨鳴蓑。

桑姑盆手交相賀，綿繭無多絲繭多。（同上）

首句帛如紺色曰繰，謂帛在沸水中煮也。

次句先詠繅絲之車的軋軋聲，次詠雨聲。

三句「盆手交相賀」極入神，手中持盆，手盆合一也。

四句綿繭，指粗絲。今年細絲產多，是豐收之又一景也。

全詩純寫繅絲。

二十九、同題之二十九

小婦連宵上絹機，大耆催税急於飛。

今年幸甚蠶桑熟，留待黃絲織夏衣。（同上）

首句詠婦織。

次句詠官催租稅。

二者正成強烈對比。「連霄」、「急於飛」，令人讀之心疼。

三句一大轉：蠶桑熟乃甚幸！

四句合：自家還有餘裕織夏衣，與二句催稅暗擊。

三十、同題之三十

下田戽水出江流，高壠翻江逆上溝。

地勢不齊人力盡，丁男長在踏車頭。（同上）

首二句詠述耕作時踏水、引水的辛苦情狀。

三句「地勢不齊」綰合上二句，「人力盡」引發下一句。

四句寫丁男踏水車甚辛勞，呼應第一、第二句。

三十一、同題之三十一

晝出耘田夜績麻，村莊兒女各當家。
童孫未解供耕織，也傍桑陰學種瓜。（同上）

首句詠耘田、績麻，晝夜不休，但暫不出示主角。

二句補出主角－鄉村兒女。年歲十多到二十多。

三句詠孫子輩，可能在十二、三歲以下。

四句說他們亦學種瓜。

全詩明白如話，把夏天村莊裏的農事活動寫照了大半。

三十二、同題之三十二

槐葉初勻日氣涼，蔥蔥鼠耳翠成雙。
三公只得三株看，閒寄清陰滿北窗！（同上）

《淮南子》云：「槐之生，入季春，五日而兔目，十日而鼠耳，更旬更始規。」

首二句描寫槐葉長成之初期的形象，鼠耳，謂葉似鼠之耳朵。「蔥蔥」與「翠」意思重複，似亦不嫌。

三句謂三老，他們只看三株已足。

四句閒寄亦三公者流，只知享用北窗清陰，不知稼穡之艱難。

三十三、同題之三十三

黃塵行客汗如漿，少住儂家漱井香。
供與門前磐石坐，柳陰亭午正風涼。（同上）

首句倒裝，謂行人在黃塵中趕路，汗水滴落如米漿。

次句謂稍在我家休息，喝一碗井水。

三句謂坐在門前磐石上。

四句說正午柳蔭下特別涼快。

此詩全寫辛苦的行客。

三十四、同題之三十四

千頃芙蕖放棹嬉，花深迷路晚忘歸。
家人暗識船行處，時有驚忙小鴨飛。（同上）

首句詠大片荷花，少年在其中放船嬉戲。

次句謂少年貪玩，天黑了忘記回家。乃是迷了路。

三句家人識路。

四句謂在有小鴨驚飛處。

一幅遠近交配的農家少年圖。

三十五、同題之三十五

采菱辛苦廢犁鉏，血指流丹鬼質枯。
無力買田聊種水，近來湖面亦收租！（卷 27，頁 375）

首句謂貧農不耕田只種菱芡。

二句謂採菱時手指流血，身體消瘦。

三句謂無田可耕，故種菱，種水者，培種菱芡也。

四句再一轉，可是近日「種水」也要收官租！

全詩由三個角度寫種菱人之辛苦。

三十六、同題之三十六

蜩螗千萬沸夕陽，蛙黽無邊聒夜長。
不把癡聾相對治，夢魂爭得到蘧牀？（同上）

首句蜩螗，蟬也；蜩沸，謂蟬鳴如湯沸，狀其喧鬧之聲。此處度成「沸斜陽」，更添不少詩意。

二句又以蛙黽二物配襯之。「無邊」正對「千萬」。

三句謂人若不癡不聾，或裝聾作傻。

四句謂不可能入睡。蕧牀，農家鋪草爲墊之牀。

此詩專寫蟲鳴。

三十七、同題之三十七

杞菊垂珠滴露紅，兩蛩相應語莎叢。
蟲絲罥盡黃葵葉，寂歷高花側晚風。（同上）

首句枸杞、菊花並生，露水似紅色，（或因映照日光）。

二句寫莎草叢中二蛩私語。

三句黃葵葉上有蛛絲。

四句高處之花在晚風中寂寞自持。

二花二蟲，交錯成文。

三十八、同題之三十八

朱門巧夕沸歡聲，田舍黃昏靜掩扃。
男解牽牛女能織，不須徼福渡河星。（同上）

首句「巧夕」《宋詩鈔》作「乞巧」，或更佳。此句以襯下句。

二句詠七夕鄉人安靜。

三句男耕女織。

四句人間自有福，不羨天上星。

七夕光景，城鄉迥異，生活不同故也。

三十九、同題之三十九

橘蠹如蠶入化機，枝間垂繭似蓑衣。
忽然蛻作多花蝶，翅粉才乾便學飛。（同上）

首句詠橘上之蠹蟲，形似蠶。

二句在樹枝（橘樹上）間結繭，又似人之蓑衣。

三句承而轉：忽蛻爲蝶。四句又承：早早學飛。

全詩只寫橘蟲，前用二喻，後乃直抒。

四十、同題之四十

靜看簷蛛結網低，無端妨礙小蟲飛。
蜻蜓倒挂蜂兒窘，催喚山童爲解圍。(同上)

首句寫蜘蛛在屋簷上結網。

二句詠礙及小蟲。「無端」平實而好。

三句分詠蜻蜓、蜜蜂，其困境似異實同。

四句一大轉：叮嚀童子助二蟲解圍－無非把蛛絲撥開。

全寫蛛網，兼及二蟲一童。

四十一、同題之四十一

垂成穡事苦艱難，忌雨嫌風更怯寒。
牋訴天公休掠剩，半償私債半輸官。(同上)

首句泛述田家稼穡之難。

二句怨天，連用「忌」、「嫌」、「怯」三動詞，甚爲有力。

三句求天。

四句明說我們一年的辛苦，其實又要繳稅，又要還債，所剩無幾。老天再不幫忙，何以維生！

四十二、同題之四十二

秋來只怕雨垂垂，甲子無雲萬事宜。
穫稻畢工隨曬穀，直須晴到入倉時。(同上)

首句秋收時最怕雨霖。

次句由反面說：天無烏雲則吉。

三句收穫完了還要曬乾。

四句入倉方可安全，故拜託老天久晴。

寫秋收只著重無雨一重點。

四十三、同題之四十三

中秋全景屬潛夫，棹入空明看太湖。
身外水天銀一色，城中有此月明無！（同上）

首句謂中秋是潛水夫專享的景色。

次句謂一棹疾馳太湖月色中。

三句描繪月景水色。

四句以此向城中人示傲。

所謂潛夫，即船夫或漁夫。

大自然十分公平，讓貧苦的農漁多享清風明月之美。

四十四、同題之四十四

新築場泥鏡面平，家家打稻趁霜晴；
笑歌聲裏輕雷動，一夜連枷響到明。（同上）

首句詠打穀場，用鏡爲喻，予人一種清明之感。

次句實說。

三句以雷喻打枷聲。

四句實說。

此詩結構爲實虛、實、實虛、實。

四十五、同題之四十五

租船滿載候開倉，粒粒如珠白似霜。
不惜兩鍾輸一斛，尚贏糠覈飽兒郎。（同上）

據《山堂考學》：淳熙六年，漕臣條具州縣取民包目曰二稅，就州輸納，創爲色目。既倍收合耗，重價折科，又刷其合零就整，一寸納一尺，一合納一升，謂之畸零錢。《容齋隨筆》亦有「一而取三」之說，說明當時農家稅負之重，三句即指此事。

首句說豐收光景。

次句以二喻詠米。

三句言稅重。

四句謂稅畢尚有餘粮可食。

此詩盡抒農家生涯之艱苦。

四十六、同題之四十六

菽粟瓶罌貯滿家，天教將醉作生涯。
不知新摘堪篘未？今歲重陽有菊花。（同上）

首句寫豐收之情狀。

次句謂釀酒可一醉。

三句一抑存疑，然仍抱樂觀心態。

四句以菊花振作心情。

苦樂參半的農家生涯，石湖仍努力強調樂的一面。

四十七、同題之四十七

細擣棖虀買鱠魚，西風吹上四腮鱸。
雪鬆酥膩千絲縷，除卻松江到處無。（同上）

首句買魚搗蔥薑以爲作料。

次句以鱸魚配鱠魚，似爲天賜。

三句細寫切魚作羹之狀。

四句謂此乃松江獨有，松江亦屬蘇州府。

四十八、同題之四十八

新霜徹曉報秋深，染盡青林作纈林。
惟有橘園風景異，碧叢叢裏萬黄金。（卷 27，頁 376）

首句謂秋深霜垂。

次句纈，文繒也。纈林，彩色繽紛之樹林也。

三句一轉，專寫橘園風光。

四句在葉叢中窺見金黃色的群橘。遙以「黃金」喻橘。

先寫林，後寫橘。

四十九、同題之四十九

斜日低山片月高，睡餘行藥繞江郊。
霜風擣盡中林葉，閒倚筇枝數鸛巢。(同上)

首句詠落日低山新月。「斜」、「低」、「高」相映成趣。
次句繞江郊而行，行藥，行散也，莫非石湖亦服食五石散之類？
三句霜加風，凋盡千萬葉。
四句倚杖閒逸，乃數鸛巢，鸛似鶴，亦飄逸物也。
此中有我，我乃石湖。

五十、同題之五十

炙背檐前日似烘，煖醺醺後困蒙蒙。
過門走馬何官職？側帽籠鞭戰北風。(同上)

首句寫農夫在冬日曬太陽，冬日似火爐。
次句既煖和又睏欲睡。
三句有官人過。
四句官人行途中戰北風，遠不似吾儕快樂。

五十一、同題之五十一

屋上添高一把茅，密泥屋壁似僧寮。
從教屋外陰風吼，卧聽籬頭響玉簫。(同上)

首句謂修整屋頂。
二句繼之，並用一喻。
三句詠西風。
四句謂屋已穩實，聽風聲如聽簫聲。(亦可直解作有人吹簫。)

五十二、同題之五十二

松節然膏當竹篝，凝烟如墨暗房櫳。
晚來拭淨南窗紙，便覺斜陽一倍紅。(同上)

首句燃松枝以點竹籠。

次句詠黑烟，用一常喻。

三句一轉：拭淨窗紙，針對二句。

四句一合：夕陽更明亮，針對二句，接續三句，遙應首句。

五十三、同題之五十三

乾高寅缺築牛宮，卮酒豚蹄酹上公。
牯牸無瘟犢兒長，明年添種越城東。（同上）

按祝牛宮辭云：冬十月耕牛為寒，築宮納而皁之。首句詠此。

次句以豬蹄杯酒祭天。

三句牛犢俱安。

四句云：在如此好景象下，明年可以擴大耕作界域了。越城在蘇州胥門外。

豐年祭天且喜悅也。

五十四、同題之五十四

放船閒看雪山晴，風定奇寒晚更凝。
坐聽一篙珠玉碎，不知湖面已成冰！（同上）

首句放船而行，坐看雪山上的晴光。

次句詠風寒。

三句由看而聽，一篙之下，珠玉皆碎。

四句解明答案：湖水結了冰。

五十五、同題之五十五

撥雪挑來踏地菘，味如蜜藕更肥醲。
朱門肉食無風味，只作尋常菜把供。（同上）

首句介紹菘菜。

二句讚其美味可口。

三句對比：富貴人家肉食其實乏味。

四句足成之。

五十六、同題之五十六

榾柮無烟雪夜長，地爐煨酒煖如湯。
莫嗔老婦無盤飣，笑指灰中芋栗香。（同上）

首句榾柮，木頭也，可代炭用。無烟，木質好也。冬夜長必須長久燒炭火。

次句以爐煨酒，如湯，近喻也。

三句欠盤飱，莫嗔！

四句一折：有芋、有栗，烤得香熟。「笑指」二字添趣。

五十七、同題之五十七

煮酒春前臘後蒸，一年長饗甕頭清。
廛居何似山居樂，秫米新來禁入城。（同上）

首句據《宋史・食貨志》：臘釀蒸煮，候夏而出，謂之火酒。

次句續其意，冬酒一年可品。

三句讚美山居村居。

四句說一大理由：秫可釀酒，而禁入城！

五十八、同題之五十八

黃紙蠲租白紙催，皂衣旁午下鄉來。
『長官頭腦冬烘甚，乞汝青錢買酒迴。』（同上）

首句：黃紙，詔書也；白紙，官符也。意謂皇帝命令減稅免稅，地方官偏偏催租。

二句黑衣吏下鄉催稅。

三、四句是小吏的對白：

是長官迂執不通，偏要向你們討錢買酒吃。不干我們的事！

寫官場之顢頇。

五十九、同題之五十九

探梅公子款柴門，枝北枝南總未春；
忽見小桃紅似錦，卻疑儂是武陵人。（同上）

首句謂有城市遠來的公子哥兒，到此鄉尋梅賞梅。
二句謂到處未見冬梅。
三句一轉：忽見早開的桃花。「似錦」常喻仍好。
四句謂公子天眞，懷疑自己到了今之桃花源了。
這是一個美妙的插曲。

六十、同題之六十

村巷冬年見俗情，鄰翁講禮拜柴荊。
長衫布縷如霜雪，云是家機自織成。（同上）

首句介紹本詩主題：拜年。
次句介紹本詩主角：鄰翁。
三句描寫主角衣服，用一現成的比喻（正值冬季）。
四句述鄰翁之語言。
由俗情、講理、拜柴荊到自織，是理性的一面。
由村巷、長衫布縷到家機，是感性的一面。二者配合得密切無隙。

六十一、圍田歎四絕之一

萬夫堙水水乾源，障斷江湖極目天。
秋潦灌河無洩處，眼看漂盡小家田。（卷 28，頁 393）

按《宋史・食貨志》云：紹興五年，江東帥臣李光言：「本朝慶曆、嘉祐間，始有盜湖爲田者，其禁甚嚴。政和以來，創爲應奉，始廢湖爲田，於是明、越兩州，歲被水旱之患。其會稽之鑑湖、鄞之廣德湖、蕭山之湘湖等處，望詔漕臣盡廢之。其江東西圩田，蘇秀圍田，令監司守令條上。」其後議者，雖稱合廢，竟仍其舊。隆興二年，詔江浙水利，久不講修，勢家圍田，堙塞流水，諸州守臣按視以聞。淳熙十一年，立石，凡官民圍裹者，盡開之。……

首二句暢言圍田堙塞流水的情形。「極目天」義屬雙關。

三句繼續發揮此旨。

四句謂小家田地大大受害。

六十二、同題之二

山邊百畝古民田，田外新圍截半川。
六七月間天不雨，若爲車水到山邊？（同上）

首句寫山邊民田，「古」字點出其淵源。

二句詠圍田堵水。

三句似轉實承。

四句謂正當的民田無水可供灌溉。

此詩與上詩一脈相承。

六十三、同題之三

壑鄰罔利一家優，水旱無妨眾户愁。
浪說新收若干稅，不知逋失萬新收。（同上）

首句說圍田戶以鄰爲壑，不利眾鄰，而自家卻獨占優勢。

次句前四字寫圍田戶之利，後三字寫受害之眾鄰人，次序恰與上句相反，此迴環法也。

三句圍田戶自說繳了不少稅。

四句謂眾田家受害歉收。

前後四句，兩相對照，其弊自見。

六十四、同題之四

臺家水利有科條，膏潤千年廢一朝。
安得能言兩黃鵠，爲君重唱〈復陂謠〉？（同上）

首句謂農田水利本有法規。

二句說千年規制因圍田猖獗而毀于一旦，故民田受損甚大。「千年」與第一首之「古」字相呼應。

三、四句是根據《漢書・翟方進傳》：反乎復，陂當復，誰其云者兩黃鵠。

謂只有仰望古歌中之兩黃鵠來爲民申訴了。無奈之情，溢於言表。

以上六十四首，全寫江南蘇州一帶的農家生涯，有以下四個特色：

一、全寫農家。偶有「公子」插入，亦爲觀賞鄉景而來。其中樂多苦少，顯示石湖之達觀心態。

二、文字質樸，但亦偶有工麗者。

三、少用文學技巧，偶用比喻。

四、多爲上品、中上品、中品之作。

這是石湖詩歌的主要成就。

貳、寫景

一、雷雨鄰舍起龍

雨工避事欲蟠泥，帝遣豐隆執以歸。
連鼓一聲人失箸，不知挂壁幾梭飛！（卷一，頁 5）

此詩寫雷雨。

首句謂龍播雷雨。

次句謂天帝派雷神捉牠回去。

三句說雷聲忒大驚人。

四句問壁上多少梭子被震飛。

二、白鷺亭

倦遊客舍不勝閒，日日清江見倚闌。
少待西風吹雨過，更從二水看淮山。（卷二，頁 15）

白鷺亭在賞心亭側，下瞰白鷺洲，宋馬光祖重建。

首句謂己在旅途中。

次句言日日倚欄看江水，是倒裝句。

三句西風吹雨，「少待」添興。

四句謂由二川看淮上之山，更爲前三句助勢。

三、即事

醉袖籠鞭轉柳塘，青門芳樹掩殘香。

誰驚翡翠雙飛去？只有蓮在對斷腸。（卷二，頁 20）

首句主角以醉態出現，並告知偶遊之地。

二句青門芳樹乃柳塘之配景。

三句轉寫佳鳥。

四句又回到植物－蓮花－身上。

由「醉袖」到「斷腸」，此中自有脈絡。

四、春晚即事

屋頭清樾暗荊扉，紫葚斕斑翠莢肥。

春晚軒窗人獨困，日長籬落燕雙飛。（同上）

首句清樾，謂樹蔭。屋上樹在柴門上投影。

次句寫二物：桑葚、豆莢。

三句人睏。亦可作困守空軒解。

四句燕飛。

三植物二動物（連人算）構成佳景。

五、題城山晚對軒壁

一枕清風夢綠蘿，人間隨處是南柯。

也知睡足當歸去，不奈溪山留客何！（同上，頁 21）

此詩乃在城山小遊。

首句在軒中小睡，夢見綠蘿，或窗外眞有藤蘿也。

次句用李公佐〈南柯太守傳〉典，謂人間處處是夢境，同時也暗示當前美景。

三句一抑。

四句以溪山留客抒山野景致之美。

六、題城山桂月堂壁

百疊煙鬟得眼明，坐來心跡喜雙清。
秋陽滿地西風起，猶有啼鶯四五聲。（卷二，頁 22）

首句寫烟霧繚繞。「百疊」有力，「鬟」喻鮮明。

次句抒情。

三句寫秋陽西風，一下一上。

四句出黃鶯聲，使全景不致單調。

七、一篙

一篙新綠浦東西，雪絮漫江鴈不飛。
宿雨才晴風又轉，片帆那得及時歸。

首句之「一篙」，實即末句之「片帆」，二者皆屬遊船。

首句謂一舟一篙在浦東西之新綠中划行，乃倒裝句。

二句「雪絮」乃柳絮，因其包白，故以雪為喻。與雁不飛恰成對比。

三句雨止風轉，寫天候。

四句謂景好風又轉，故一時不欲歸去。

寫景不多，自成佳勝。

八、碧瓦

碧瓦樓頭繡幙遮，赤欄橋外綠溪斜。
無風楊柳漫天絮，不雨棠梨滿地花。（同上）

首句二色：碧瓦、繡幙（此二字可能含多種花色）。

二句又二色。四色相配，甚為調諧。

三句又來二色：楊柳本身是綠的，柳絮則是白的。

四句棠梨花是紅的。

四句而七色，甚至更多，可謂工於寫物矣。

三句的「無風」以及四句的「不雨」，應可視作互文。

九、半塘

柳暗閭門逗曉開，半塘塘下越溪回。

炊烟擁柁船船過，芳草綠堤步步來。（卷三，頁 35）

首句之閭門，蘇州城之西北門也。逗字生色。

二句寫越溪迴繞。

三句炊烟襯船，「擁」字出神。

四句芳草綠堤，似與首句之「柳暗閭門」遙相呼應。

蘇州美景多矣，以下數首亦是。

十、楓橋

朱門白壁枕彎流，桃李無言滿屋頭。

牆上浮圖路旁堠，送人南北管離愁。（同上）

首句三項描述，顏色鮮明（流水為白色或淺綠色。）

二句桃李一紅一白，亦甚熱鬧。「滿」字添趣。

三句謂橋邊牆上有圖，路旁有里程碑（或記里之土臺）。

四句謂浮圖、里碑也管送人，也管人們的離愁。擬人化好。

十一、橫塘

南浦春來綠一川，石橋朱塔來依然。

年年送客橫塘路，細雨垂楊繫畫船。（同上）

首句泛寫橫塘之景。

次句詠二配角－石橋、朱塔。

三句切題。

四句再細描風景：楊綠色，船多色。

十二、胥口

扁舟拍浪信西東，何處孤帆萬里風。

一雨快晴雲放樹，兩山中斷水枯空。（同上）

首句描寫扁舟，以浪爲輔，信者任也，任其或東或西。

次句孤帆切扁舟。萬里風助勢。

三句「雲放樹」之「放」入神。

四句之景尤爲特殊：「水枯空」與「萬里風」正是一強烈對比。

十三、香山

採香徑裏木蘭舟，嚼蕊吹芳爛熳遊。
滿目青山都好在，桑間蕎麥滿芳洲。（同上）

按香山爲當年吳王夫差種香處，故首句如此云。

次句想像當年（亦可以是眼前）遊人（或是夫差與西施）嚼花而遊之狀。

三句落日、青山猶如古代。

四句桑、蕎麥、芳洲更添情趣。

十四、上沙

水邊犬吠隔疎林，籬落蕭森日半陰。
繁杏鎖紅春意淺，晚梅飄粉暮寒生。（卷三，頁 36）

首句詠犬詠林，一聲一形。

次句詠籬詠日：蕭森與上句之疎林若相呼應。

三句詠杏，紅色。

四句詠梅，白色。二句對仗工妙。

十五、天平寺（以下天平山）

舊遊彷彿記三年，轟飲題詩夜滿山。
山上白雲應解笑，又將塵土涴朱顏。（同上）

首二句寫作者與至先兄、唐少梁登山絕頂，比歸迷路，捫蘿而下，夜已半。主僧散遣群童秉燭求三人，久而莫得，以爲已仙。是夜宿寺中，聯句達曉。

三句寫今天情形，將白雲擬人化。

四句謂重來之況。

十六、白雲泉（泉色正白，蓋乳泉。）

龍頭高啄嗽流飛，玉醴甘渾乳氣浮。
捫腹煑泉烹鬥胯，眞成騎鶴上揚州。（同上）

首句龍頭應指泉口之形。

二句寫泉水之色澤形象。

三句寫煮泉而飲。

四句詠飄飄欲仙之狀。

十七、山頂

翠屏無路強攀緣，我與枯藤各半仙。
不敢高聲天闕近，人間漠漠但寒烟。（同上）

首句以翠屏喻山。「強」字下應「不敢」。

二句本是我攀枯藤而上，卻巧說成我和枯藤各爲半個仙人。

三句一抑有味道。

四句由山頂下視：「人間」但見漠漠之寒烟－是倒裝句。

上了山頂，眞成仙矣！

十八、山徑（以下高景山）

雲根新徑絡山腰，暗綠交陰宿露飄。
行到竹深啼鳥鬧，鵓鴣老怨畫眉嬌。（同上）

首句詠雲底山路，「絡」字巧妙。

二句詠草樹之綠及露水。

三句竹深鳥啼。

四句分述二鳥之心態形姿。

每句二到三個意象，甚爲豐盈。

十九、泉亭

收拾風烟鎖翠微，亂山窮處結巖扉。
青天不盡鳥飛盡，吳楚山川似衲衣。（同上，頁37）

首句謂老天收攏風烟，封鎖山之翠色。

二句詠巖上茅屋（泉亭）。

三句青天無窮遠，鳥飛愈遠而不見。

四句總綰全詩，以「衲衣」－僧袍一喻作結，妙。

二十、金氏菴（菴廢無人居）

醉墨題窗側暮鴉，蔓藤緣壁走青蛇。
春深有燕捎飛蝶，日暮無人掃落花。（同上）

首句謂暮鴉側飛過菴，猶如人以醉墨題詩文於窗上，妙喻解頤。

二句謂藤蔓孳長在山壁上，生動如青蛇疾行。

三句燕蝶交錯，「捎」字甚俏。

四句無人掃花，更添無限風致。

二十一、平雲閣（以下南峯）

背倚天峯湧化宮，橫空閣道拖雙虹。
火雲六月應奇絕，青瑣玲瓏八面風。（同上）

首句謂此閣如自山峯湧出。

次句謂閣道如二虹（亦可解作拖住兩條虹彩。）

三句詠火雲。

四句詠閣上之青瑣，而以八面風作爲一總結。

二十二、鐵錫（支道林遺物）

八環流韻寶枝鳴，古鐵無花紫翠明。
莫遣閒人容易振，泉飛石落鬼寰驚。（同上）

首句描寫支遁（字道林）留下的鐵錫，有八環，有寶枝。

二句說它雖不能開花，但在紫翠的大自然中自然生色。

三句謂此環此錫，不可爲凡人所弄。

四句謂一振此物，可能泉飛石落，鬼神都爲之所驚。

此詩嚴格說來，是詠物詩，但既在蘇州二十景中，謂之寫景，似亦未嘗不可。

二十三、放鶴亭（亦道林故事）

石門關外古亭基，樹老藤枯野徑微。
放鶴道人今不見，故應人與鶴俱飛。（同上）

首句介紹此亭的位置。

二句介紹它的週邊景物。

三句謂支道林已作古不見。

四句謂人與鶴恐同升天界矣。

按支道林好鶴，一度剪其翮，後復養令翮成，令自由飛去。此事見《世說新語》。

石湖此詩，可謂用典鮮活。

二十四、馬跡石（傳云道林騎白馬升天遺跡，今石上雙跡儼然，類蹄涔者，後人爲小塔識其處。）

跨馬淩空亦快哉，龍腰鶴背謾徘徊。
遊人欲識仙蹤處，但覓蒼崖白塔來。（同上）

首句切題。

次句以龍鶴形容天馬。

三句謂今之遊人欲覓道林大師之升天仙踪。

四句說可找小白塔。「白塔」上配以「蒼崖」，更添風致。

二十五、金沙（沙中麩金燦然，人或煉取，多不成。）

莊嚴福地守靈仙，不爲人間計子錢。
一掬斕斒光照眼，路傍饞隸枉流涎。（同上）

首句為倒裝句，順序應為「靈仙守（護）莊嚴福地」，這當然是想像之辭。

次句即題下自注「人或煉取，多不成。」之詩句化。

三句描寫金光燦爛。

四句謂煉者徒勞無功。

因為受題材所限，此作較乏詩意。

二十六、龍母廟（以下澄照寺。）

孝龍分職隸湘西，天許寧親歲一歸。
風雹春日損桃李，山中寒食尚冬衣。（同上）

首句謂此龍原屬湘西。

二句謂一年來此歸謁慈母。

三句實寫春日風雹之威。

四句說清明時節，已是夏季，山中廟中人仍穿冬衣。

二十七、白蓮堂

古木參天護碧池，青錢弱葉戰漣漪。
匆匆遊子匆匆去，不見風清月冷時。（同上）

首句寫出堂外風光，一古木，一碧池。

二句寫池中睡蓮與漣漪。

三句自述遊踪。

四句憾未見最佳景致－風清月冷，夜間光景。

二十八、白善坑（鑿山成井，深數十丈，復轉為隧道以取之，危險不可逼視。）

銀鬚玉璞紫金精，犯難窺探亦有名。
白堊區區土同價，吳儂無事亦輕生。（同上）

首句描寫坑中景物，用三色。

次句寫照其危險。

三句謂堊無高價。

四句謂吳人有冒險來此窺視者，未免有輕生之嫌。

以上二十首，描寫蘇州郊外二十佳景。

二十九、夜歸

竹輿伊軋走長街，掠面風清醉夢迴。
曲巷無聲門户閉，一燈猶照酒壚開。（卷四，頁 41）

首句詠坐轎夜遊街上。

二句寫風，又交代是醉後。

三句寫街上人稀戶閉。

四句詠酒肆獨開，一燈獨照。

是生活詩，亦是寫景詩。

三十、戲題致遠書房

照叢菊靨萬黃金，欹架薇條半綠陰。
逋客已隨丹鳳詔，但餘花草怨秋深。（同上）

首句描寫菊花，以「靨」擬人化，以「萬黃金」擬物。

二句薔薇紅，綠蔭碧。

三句謂主人已奉詔入京。

四句詠花草之怨，與首二句呼應。

三十一、月夜泛舟新塘

溪上清風柳萬重，綠烟無路月朦朧。
船頭忽逐回塘轉，一水迢迢卻向東（卷四，頁 42）

首句詠風詠柳，又用夸飾法。

二句謂綠烟聚而不散，月色與之相配。

三句船轉迴塘。

四句水流向東，乃迴塘所注之水。

三十二、客舍

轂擊肩摩錦繡堆，朝聲洶洶暮聲催。
忽然憶起長橋路，天鏡無邊白鳥迴。（同上）

首句寫旅舍週邊人來人往之盛況。
二句謂朝暮嘈雜。
三句回憶來時長橋路。
四句天鏡乃指萬里無雲之天空，再加白鳥點綴，其景更美不勝收。

三十三、雲間湖光亭

微風不動斂濤湍，組練晶晶色界寒。
斜照發揮猶未盡，月明殘夜更來看。（同上，頁 47）

首句半倒裝：末三字應爲「濤湍斂」。
二句將湖水喻爲組練（白色或淺色綢緞）。
三句詠落日：「發揮」二字爲句中眼。
四句亦爲倒裝句，謂落日尚殘，吾人更來看初上之月。

三十四、高景菴泉亭

峯頭揮手笑紅塵，天入雙眸洗翳昏。
萬里西風熟秔稻，白雲堆裏著黃雲。（同上）

首句謂至峯頭向紅塵揮手。泉亭蓋築在山上。
二句詠天清氣朗，故有天入雙眸之說，「洗翳昏」更添情致。
三句秔稻的成熟，不由西風之力，人所共知也，此處詩人故意歸功於萬里西風，以添詩趣。
四句寫雲，黃白交雜，如一圖畫。

三十五、淳安（以後十五首，沿檄嚴杭道中）

篙師叫怒破濤瀧，水石如鐘自擊撞。
欲識人間奇險處，但從歙浦過桐江。（卷七，頁 84）

淳安縣在嚴州西一百六十里。

桐江，在桐廬北三里，源自天目山，即桐廬江。

首句寫濤洶人怒，十分生動。

二句詠水與石互相撞擊，有如鐘鐸敲打著鐘。

三、四句一貫而下，謂桐廬一帶水勢奇險冠天下。

三十六、嚴州（舟人云：自徽至嚴二百灘。）

城府黃塵撲馬鞍，一篙重探水雲寒。
耳邊眼底無公事，睡過嚴州二百灘。（同上）

首句寫嚴州府城人多馬夥。

二句詠舟行。

三句謂雖在沿檄途中，眼前卻無公事要辦，一身輕鬆。

四句瀟灑，也強調了二百灘之奇景。

三十七、釣台（台上題詩甚多，其最膾炙者曰：『世祖功臣二十八，雲台爭似釣台高？』）

山林朝市兩塵埃，邂逅人生有往來。
各向此心安處住，釣台無意壓雲台。（同上）

釣台在嚴州府桐廬縣西富春山。

首句謂在朝爲官，或隱於山林，到頭來都是一片塵埃，一抔土丘。

二句謂人生各有境遇，你往我來，各有其分際。

三句謂人生在世，應各安其分，各住其心。

四句針對台上題詩之後二句而發：謂嚴子陵之高隱，乃順性而爲，當時何嘗有壓倒雲台二十八將的企圖心？

此詩藉寫景說哲理，詠史蹟。

三十八、桐廬

濕雲垂野淡疎林，十日山行九日陰。
梅子弄黃應要雨，不知客路已泥深。（同上）

桐廬縣在嚴州北一百〇五里。

首句詠黃雲或烏雲；又詠疎林淡漠。

二句泛寫此地天氣。

三句謂梅子開時正需雨水。

四句謂客路泥深，恐已開始降雨矣。

此詩中除「雲」、「雨」二字外，更有四字從水旁。

三十九、雨涼二首呈宗偉之二

驚雷隱地送涼颸，起舞看山不自持。
說與騷人須早計，片雲催雨雨催詩。（卷五，頁 64）

首句詠雷雨，「送」字入神。

次句「起舞」，足見作者之年輕：「不自持」承之。山在此句中實爲主角。

三句切題，說給詩人宗偉聽。

四句雲興雨，雨催詩。范成大和陸游一樣，相信大自然的變化能催發詩興。

四十、拄笏亭晚望

林泉隨處有清涼，山繞闌干客自忙。
溪雨不飛虹尚飲，亂蟬高柳滿斜陽。（卷七，頁 89）

首句寫亭之背景：林、泉、清涼。

次句又介紹山，四面環繞；欄杆自是亭之一部分。「客自忙」三字有味，爲此處風景添彩。

三句無溪雨，有彩虹，彩虹「飲」於溪，擬人化，生動。「飛」與「飲」前後呼應。

四句拱出三個意象：蟬，柳，夕陽。「亂蟬」尤添熱鬧。

四十一、冷泉亭放水

古苔危磴著枯藜，腳底翻濤洶欲飛。
九陌倦遊那有此，從教驚雪濺塵衣。（卷九，頁 105）

首句有三意象：古苔、危磴、枯藜，三者黏合爲一。
次句只寫一個意象：冷泉之濤，「欲飛」生動。
三句誇張此泉之奇。
四句用喻：以雪比泉。「驚雪」、「塵衣」妙在似對非對。

四十二、久雨地溫

汗礎經旬未肯乾，破窗隨處有渦涎。
只今不耐春陰得，想見黃梅細雨天。（卷九，頁 109）

首句以汗喻濕。地礎十日未乾也。
次句寫破窗、渦涎，與地濕相呼應。
三句寫作者之心情。
四句想像黃梅天氣。此時應爲春季。

四十三、題寶林寺可賦軒

十里山行雜市聲，道旁無處濯塵纓。
寶林寺裏逢修竹，方有詩情約略生。（卷九，頁 115）

詩題之可賦軒甚雅，在蘇州郊外。
首句切題。「雜市聲」，蓋寺離市廛不遠，人氣甚旺也。
二句謂無泉。
三句詠修竹。
四句一揚，補救全局。

四十四、濯纓寺在吳興南門外

淒風急雨脫然晴，當道橫山似見迎。
野水茫茫何用許，斕供遊子濯塵纓。（卷十三，頁 160）

上詩無可濯纓，此詩卻介紹湖州的濯纓寺，可謂一抑一揚。

首句介說氣候之變，作爲濯纓之背景。

次句詠寺之位置，寫來生動。

三句詠水盈。

四句寫出主旨，「斕供」清新。

四十五、甘棠驛

萬里三年醉嶺梅，東風刮地馬頭迴。
心勞政拙無遺愛，慚向甘棠驛裏來。（卷十五，頁188）

甘棠驛在靈川縣南二十里，靈川縣在桂林府東北五十二里。

首句謂行萬里之遠，在桂林爲官三年。「醉嶺梅」，賞鑑桂林之梅、之美景也。

二句寫行程中情況－此時離桂。

三句自謙。

四句針對甘棠亭（《詩經》中甘棠乃國人紀念召公美政者）而發，足成上句句意。

可惜未細寫驛之內外風景。

四十六、靈泉（驛後有龍惠泉）

泉螭無語笑經過，欲拊凳鱀奈拙何！
孤奉明恩雖出嶺，歡顏終少汗顏多。（卷十五，頁189）

此詩稍補上詩之憾。

首句因泉名龍惠，故有此一想像。

次句謂螭龍並不靈光。

三句承二句，謂泉奉天旨流出嶺外。

四句謂歡顏不多，與首二句呼應。

四十七、嚴關（或謂之炎關，桂人守險處。朔雪冬不入關，關內外風氣迥殊，人以爲南北之限也。）

嚴關在桂林興安縣西南十七里，桂郡之咽喉也。

回看瘴嶺已無憂，尚有嚴關限北州。
裹飯長歌關外去，車如飛電馬如流。（同上）

首句寫北上之態。瘴嶺，即大庾嶺也。

次句切題而抒。

三句寫旅態。

四句詠周邊之風景。車如飛電一喻，更勝馬如流，二者相輔相成。

四十八、湘潭

暮雨檣竿縣一灣，長官立馬水雲間。
風吹江沫浮浮去，誰在沙頭閉戶閒？（卷十五，頁 195）

此詩所詠，已入湖南境內。

首句寫乘船旅況。

次句自稱「長官」，以水雲間應合上句之「縣一灣」。

三句詠風吹江波。

四句自詠閒逸之態。

四十九、竈渚

白魚出水卧銀刀，紫筍堆盤脫錦袍。
捫腹將軍猶未快，棹船西岸摘蔞蒿。（同上，頁 197）

竈渚在湘陰附近。

首句用銀刀爲借喻，且出一動詞「卧」助之，極爲生動。

二句又用同一模式，脫錦袍之「脫」，使紫筍更添風采。

三句由二句引出來：將軍未快，不滿足於此二食物也。

四句再摘蔞蒿以助餐。

「卧」、「脫」之後，繼之以「捫」、「摘」，令人忍俊不住。

五十、澧浦

葦岸齊齊似碧城，江船罨岸逆風行。

綠蘋白芷俱憔悴，惟有蔞蒿滿意生。（卷十五，頁 201）

澧浦在澧水流域。

首句以葦配岸，而以碧城爲明喻，中綴一形容語「齊齊」，此浦風光盡見。

次句詠船行。

三句一抑。

四句一揚。

全詩四植物，各有風致。

五十一、澧江漁舍（安鄉、澧陽之間，自兵火後，瘡殘猶未復。）

狡窟空來四十年，沿江猶自少炊烟。

茫茫曠土無人問，蘆荻春浮綠滿川。（卷十五，頁 202）

首句謂四十年兔窟無兔，人宅鮮人。

次句繼之。

三句又繼之。

四句寫照大自然春色依舊迷人。

五十二、覆盆舖

三登三降岡始斷，一步一休日欲斜。

濁酒半瓶不得煖，覆盆有舖無漿家。（同上，頁 205）

覆盆鋪在湖南，形似一覆盆，故名。

首句述行程及岡之形勢。

二句言登陟之疲勞，日已夕矣。

三句言濁酒不得溫。

四句謂此舖有店無酒店。此亦罕見之事也。

五十三、病倦不能過谷簾、三峽，寄題。

白龍青峽紫烟爐，山北山南只半塗。
說與同來綠玉杖，他年終補卧遊圖。（卷十九，頁276）

此在湖北。
首句謂此峽似一紫烟爐，妙喻也。
二句謂此山甚小。
三句自言自語。
四句示知未來宏願，表明景美而未能遊之憾。

五十四、寒雨

何事冬來雨打窗？夜聲滴滴曉聲淙。
若爲化作漫天雪，徑上孤篷釣晚江。（卷20，頁296）

首句故用問句寫冬雨之旺。
二句前後「滴滴」和「淙」可視作互文。
三句巧妙設想。
四句足成其意。
對於詩人來說，雪勝于雨，晚江孤篷勝于室內聽雨。

五十五、進修堂前荷池

方池留水勝埋盆，露入蓮腮沁粉痕。
鈴索無人聲不到，小禽飛入鬧荷根。（卷21，頁302）

首句說方池勝過盆栽。
次句描繪露水滴在荷花蕊心。
三句人跡罕至，故池邊鈴索無人拉扯。
四句小禽（鳥雀）飛入荷葉叢中，發出喧鬧聲。

五十六、九日憶菊坡

菊坡長恨隔橫塘，城郭山林自不雙。
放棹松江花已遠，濤江之外更鄞江。(卷21，頁304)

由詩中句意看，此坡在江蘇南部。或即在蘇州。
首句謂憾好景相隔。
二句謂世間城市、山林各不相併。
三句憶當年泛舟松江。
四句由松江綿延出去。

五十七、三江亭觀雪

陰山陽朔雪中迴，行到天西玉作堆。
乘輿卻遊東海上，白銀宮闕認蓬萊。(卷21，頁307)

三江亭在寧波府城東門，北宋天禧中，郡守李夷庚嘗寓于此，後守潘良貴建亭。三江之名，曰鄞江，在城東北，二即甬江，南接奉化江，西接慈溪江，同今於定海之大峽，東入於海。
首句以陰山、陽朔作比。
二句誇張「行到天西」，「玉作堆」妙喻。
三句謂由江入海。
四句綜述：以白銀宮闕喻此亭，視之若蓬萊美景。

五十八、雪後雨作

瑞葉飛來麥已青，更炊膏雨發欣榮。
東風不是厭滕六，卻怕雪天容易晴。(卷21，頁307)

首句詠麥已成熟。
次句詠沃雨。
三句謂風不厭雪神。
四句說相反的，怕雪早消逝而變晴，蓋瑞雪豐年也。

五十九、菊樓（金陵出一種菊甚高，園丁結成樓塔，或至一二丈。）

東籬菊色照疎蕪，挽結高花不用扶。
淨洗西風塵土面，來看金碧萬浮圖。（卷 22，頁 316）

首句金陵秋色指菊樓，疎蕪指其他植物之生態。
二句切題，「不用扶」有力。
三句謂其高潔。
四句以「金碧萬浮」形容其整體景觀。

六十、壽櫟前假山成，移丹桂於馬城，自嘲

堂前趣就小嶙峋，未許蹣跚杖屨親。
更遣移花三百里，世間眞有大癡人。（卷 24，頁 341）

壽櫟謂長壽的櫟樹，古木也。假山倚之，更添勝景。
首句切題：趣，匆急也。小嶙峋，謂假山。
二句謂此山甚壯，不許老人親近。
三句誇張，亦切題。
四句仍由題目末「自嘲」引擴而來。

六十一、野景

菰蒲聲裏荻花乾，鷺立江水天鏡寬。
畫不能成詩不到，筆端無處著荒寒。（卷 28，頁 394）

首句寫二植物，一聲一形。
二句寫鷺，江水即爲天鏡，是借喻，加「寬」字更添風致。
三、四句謂詩、畫皆不能盡得其美也。

六十二、壽櫟堂前小山峯凌霄花盛開，蔥蒨如畫，因名之曰凌霄峯

天風搖曳寶花垂，花下仙人住翠微。
一夜新枝香焙煖，旋薰金縷綠羅衣。（卷 32，頁 430）

首句切題，詠凌霄花。

次句無中生有。或竟自喻爲仙。

三句又形又香。

四句作整體比喻。

六十三、同題之二

山容花意各翔空，題作凌霄第一峯。
門外輪蹄塵撲地，呼來借與一枝筇。（同上）

首句「各翔空」美妙。

二句切題，「第一峯」尤見氣派。

三句謂門外客多。

四句以杖待客，示主人熱情。

以上六十三首寫景詩，有四大特色。

一、實寫多，虛描少。

二、景中寫情。

三、有時用喻，多巧妙，有時更用借喻。

四、鮮用擬人法，與楊萬里顯著不同。

參、節令

一、秋日二絕

碧盧青柳不宜霜，染作滄洲一帶黃。
莫把江山誇北客，冷雲寒水更荒涼。（卷一，頁5）

此詩作于蘇州家鄉。

首句謂碧廬青柳不是好風光，但秋天一到，霜神降臨，便不妙了。

次句謂碧、青皆化爲黃，一片秋色。

三句說南人到秋天，不必再向北人誇口了。

四句補述原委：此際雲寒水冷，似比北地更荒涼（按這是夸飾句）。

二、同題之二

新秋病骨頓成衰，不度溪橋半月來。
無事閉門非左計，饒渠屐齒上青苔。（同上）

此詩承接上詩，寫秋日光景，上詩偏重外景，此詩偏重內感。

首句自抒切題。

次句倒裝：已經半月不走溪橋了。

三句閉門不出。

四句謂免得屐齒沾染青苔，甚至因而滑倒。

三、浙江小磯春日

客裏無人共一杯，故園桃李爲誰開？
春潮不管天涯恨，更捲西興暮雨來。（卷一，頁 10）

此在浙江作客時所作。

首句說客中寂寞。

二句懷鄉。

三句怨春潮不解人心。

四句怨暮雨。將春潮擬人化。

四、初夏二首

清晨出郭更登台，不見餘春只麼回：
桑葉露枝蠶向老，菜花成莢蝶猶來。（卷一，頁 11）

首句寫己之行踪。

二句「不見」似爲「見」意。「只麼」，這麼也。謂餘春猶在。

三句寫蠶桑。

四句詠菜及蝴蝶。二句各一動物、一植物，相映成趣。

五、同題之二

晴絲千尺挽韶光，百舌無聲燕子忙。
永日屋頭槐影暗，微風扇裏麥花香。（同上）

首句晴絲，或指柳條。擬人化：欲挽留春光。

二句寫二鳥。

三句寫日與槐。

四句詠風與麥花。以扇喻風。

初夏風光如畫。

六、春晚即事

屋頭清樾暗荊扉，紫葚斕斑翠莢肥。
春晚軒窗人獨困，日長籬落燕雙飛。（卷二，頁 20）

首句詠樹蔭使柴門變得陰暗。
二句雙詠叠葚及豆莢。用二色甚鮮明。
三句抒人。
四句詠籬笆和雙燕。燕爲春之使節。首尾皆暗、黑。

七、春晚三首

陰陰垂柳閉朱門，一曲闌干一斷魂。
手把青梅春已去，滿城風雨怕黃昏。（卷二，頁 21）

首句垂柳朱門，一綠一紅。
二句欄杆斷魂，乃夸飾句。
三句青梅在手，而春正離去。
四句爲倒裝句：每到黃昏，最怕滿城風雨，憑添春愁。「黃」字亦可視作顏色字。

八、同題之二

客去鉤窗詠小詩，遊絲撩亂柳花稀。
微風盡日吹芳草，蝴蝶雙雙貼地飛。（同上）

首句詠送客人走後，鈎起窗簾，讓陽光湧入，正好閒吟小詩。
二句寫半空中的遊絲和柳絮。
三句詠風和草。
四句詠蝴蝶之美姿。
此詩後三句全寫景，由細而大。

九、同題之三

夕陽槐影上簾鉤，一枕清風夢昔遊。
夢見錢塘春盡處，碧桃花謝水西流。（卷一，頁 21）

此詩寫景細膩。

首句夕暉槐影，並上窗簾之鈎。

二句謂主人午睡，在清風中夢昔日遊踪。

三句承二句：錢塘江春暮之景。

四句桃花謝，流水西，好一幅暮春美景圖！

十、四月十六日拄笏亭偶題

轉午聞雞日正長，小亭方丈納空光。
綠陰一雨濃如黛，何處風來百種香？（卷六，頁 77）

首句詠夏午雞鳴，聲長如夏日。

次句詠小亭空光（日光）。

三句雨來，更添深樹蔭之綠。

四句詠香。

聲、色、光、嗅俱全。

十一、五月聞鶯二首

桑陰淨盡麥頭齊，江上聞鶯每歲遲。
不及曉風鶺鴒子，迎春啼到送春時。（卷六，頁 77）

首句詠桑、麥。「淨盡」、「齊」相呼應。

二句切題，遲則有憾，遲或更好。

三句鶺鴒，又叫批頰、催明鳥，京城謂之夏鷄，生長于春夏之間。上加一「曉風」，下加一「子」，更添風味。

四句謂鶺鴒啼之時日悠長。

本以鶺鴒烘襯黃鶯，恐不免喧賓奪主矣。

十二、同題之二

一聲初上最高枝，忙殺嘔啞百舌兒。
老盡西園千樹綠，卻憐槐眼正迷離。(卷七，頁 78)

首句詠鶯，切題。

次句詠百舌鳥，謂牠急著與鶯爭鳴。

三句謂西園之翠色已老。

四句描槐葉迷離。憐，愛也。

十三、三月四日驟煖

日腳融晴晚氣暄，睡餘初覺薄羅便。
如何柳絮沾泥處，煖似槐陰轉午天。(卷九，頁 109)

三月四日爲晚春之始，但江南氣候亦不甚穩定，乍寒還暖。

首句謂日光送暖。

二句睡醒時（可能是午睡）覺得天氣乍暖，可穿輕薄紗羅衣了。

三句柳絮沾泥，是正宗春景。

四句槐陰轉午，是夏季光景。

全詩謂晚春似初夏。

十四、八月二十二日寓直玉堂，雨後頓涼

雨意蒸雲暗夕陽，濃薰滿院落花香。
題詩弄筆北窗下，將此工夫報答涼。(卷 11，頁 134)

首句半倒裝：蒸雲中含雨意，使夕暉爲之沉黯。

次句亦倒裝：落花香味濃薰滿院。

三句詠吟詩。

四句曰以此報答天雨而涼。

十五、壬辰天中節，赴平江錫燕，因懷去年以侍臣攝事，捧御盃殿上，賦二小詩之一

去歲排場德壽宮，薰風披拂酒鱗紅。
小臣供奉金龍醆，親到虛皇玉座東。（卷 11，頁 140）

天中節，即端午節，又道家以元月初一爲天中節。

首句破題，且說明地點。

次句先直抒後用喻。

三句亦直述，「金龍」與「鱗紅」相對應。

四句又再切題。如此一來，詩情薄矣。

十六、春日三首

藥欄花煖小猧眠，雪白晴雲水碧天。
煑酒青梅寒食過，夕陽庭院鎖鞦韆。（卷 11，頁 143）

首句詠一植物一動物。

二句詠三大自然物：晴雲（以雪白爲喻？），水、天（水天俱碧）。首二字亦有可能詠白雪。

三句二食物一表節令。

四句一夕陽一庭院一鞦韆，「鎖」字度得精彩。

十七、同題之二

西窗一雨又斜暉，睡起薰籠換夾衣。
莫放珠簾遮洞户，從教燕子作雙飛。（同上）

首句寫春末雨晴不定之天候。

次句既有薰籠，又有夾衣，在煖涼之間。

三句謂莫輕放珠簾。

四句詠恐驚擾燕子也。但說得優雅。

十八、同題之三

雙鯉無書直萬金，畫橋新綠一篙深。
青蘋白芷皆愁思，不獨江楓動客心。(同上)

首句謂此雙鯉不是傳書者，卻值萬金，蓋鮮美之食物，亦美景也。
次句詠畫橋、小船。
三句詠二植物，「愁思」，人心之所投射也。
四句又以江楓湊趣。「客心」與「愁思」相對應。

十九、初四日東郊觀麥苗

去歲秋霖麥下遲，臘殘一雪潤無泥。
相將飽吃滹沱飯，來聽林間快活啼。(卷17，頁233)

按《後漢書・馮異傳》:「倉卒滹沱河麥飯。」三句正用此典。
首句謂去年秋雨晚下，使麥子晚收。
二句詠瑞雪。
三句詠吃麥飯。
四句聽啼鶯而得快活。

二十、春晚初出西樓

試倚枯藤似蓊雲，堂階微步小逡巡。
忽逢巖桂新抽葉，屈指黃紬睡一春。(卷17，頁244)

首句謂倚枯藤，看雲似茂草。
次句切題
三句詠桂。
四句以「屈指黃紬」喻桂葉。「睡一春」乃詩意所在。

二十一、淳熙五年四月二日，直宿玉堂，懷舊二絕句

桂海冰天老歲華，直廬重上玉皇家。
當年曾識青青鬢，惟有東牆一架花。(卷20，頁280)

首句似指在桂林、在北方的種種經歷，如今老矣。

次句詠重入禁闈。

三句懷舊，說己年輕時神貌。

四句點睛：只有一架花識得當年的我。

二十二、同題之二

雪山刁斗不停撾，夜把軍書敢顧家？
珍重玉堂今夜夢，靜聞宮漏隔宮花。（同上）

首句應指爲祈請國信使使金之事。

次句繼之。

三句撫今憶昔，彌覺今日際遇之珍貴。

四句謂隔宮花聽宮漏，心中別有一番滋味。

二十三、十一月大霧中自胥口渡太湖

白霧漫空白浪深，舟如竹葉信浮沉。
科頭晏起吾何敢，自有山川印此心。（卷 20，頁 281）

首句詠霧及浪，切題。

二句以竹葉喻舟，原爲常喻，但加綴「信浮沉」於後，便覺詩意盎然。

三句末著頭巾起床，說是「吾豈敢」，其實是謙卑之辭。

四句謂眼前山川當了解我的心意：對此美景，絲毫不敢有不敬之意。

二十四、秋前三日大雨

暑殘堪喜亦堪憎，恰似沙場喋血兵。
縱有背城餘燼在，能禁幾度瀉檐聲？（卷 20，頁 289）

首句直抒對季節之感受。

二句以喋血兵喻大雨。

三句背城餘燼，謂殘暑之炎氣。

四句謂一雨成秋。

二十五、立秋後泛舟越來溪三絕

西風初入小溪帆，旋織波紋縐淺藍。
行入鬧荷無水面，紅蓮沉醉白蓮酣。（卷 20，頁 290）

首句「西風」切題中之「立秋後」，「初入小溪帆」切「泛舟」。

二句描寫波紋，用縐爲喻。

三句詠荷葉盈滿，見荷不見水。

四句「沉醉」、「酣」乃互文。

一幅荷池泛舟圖！

二十六、同題之二

一川新漲熨秋光，挂起篷窗受晚涼。
楊柳無窮蟬不斷，好風將夢過橫塘。（同上）

首句切題，「熨」字入神。

二句亦切題：泛舟觀景也。

三句詠二平常物，卻因「無窮」、「不斷」四字而憑添風致。

四句詠好風吹夢。橫塘在南京市西南。

二十七、同題之三

飯後茶前困思生，水寬風穩信篙撐。
不知浪打船頭響，聽作淩波解佩聲。（同上）

首句謂飯後微睏。

次句詠溪景。「信篙撐」，狀其自由自在。

三句直述。

四句用喻：淩波仙子爲誰解玉佩？用喻用得自然。

二十八、除夜前二日夜雨

雪不成花夜雨來，壠頭一洗定無埃。
小童卻怕溪橋滑，明日先生合探梅。（卷 20，頁 296）

首句謂無雪而有雨。
二句詠夜雨一洗塵雰。
三句小童小心。
四句建議主人待明日雨止後才去賞梅。
亦可解作小童太慎，先生不畏路滑。

二十九、元夕大風雨二絕

東風無賴妒華年，一夜淒寒到酒邊。
放盡珠簾遮畫炬，莫教檐雨濕青烟。（卷 20，頁 297）

首句將東風擬人化，縱此大雨，似妒人間新年。
次句繼之，淒寒之下，只有以酒取煖。
三句下珠簾保護過年點燃的畫炬。
四句繼之，恐雨濕滅了畫炬。
全詩一寫感覺，二寫動作。

三十、同題之二

河傾海立夜翻盆，不獨妨燈更損春。
凍澀笙簧猶可耐，滴皴梅頰勢須嗔！（同上）

首句狀雨勢之大：「傾」、「立」、「翻」三個動詞連踵而出，來勢洶洶。三喻並立，二喻為近親譬喻（以河、海喻雨水），後一喻是常說，改「傾盆」為「翻盆」而已。

二句謂雨足滅燈，又損春色。

三句一轉，謂澀啞的樂器聲猶可忍耐。

四句謂這場大雨把梅花都打得零碎醜陋，不可原諒。

如此寫雨怨雨，亦云至矣。

三十一、春懷

柳顰梅笑各相惱，詩債棋讎俱見尋。

莫道幽居無一事，春乘風物總關心。（卷 20，頁 298）

首句詠梅柳，以顰笑屬之，以「相惱」輔之，別具風致，且甚切題。

二句謂詩友棋友一起來了。說「詩債」是平常，說「棋仇」便新鮮了。

三句一抑。

四句一揚。

只嫌結得平凡。

三十二、九月五日晴煖步後園

海氣烘晴入斷霞，半空雲影界山斜。

輕羅小扇游蜂畔，只比東風有菊花。（卷 21，頁 303）

首句乃半想像（海氣）半寫實（晴，入斷霞）的描述。

二句寫雲寫山，俱實寫。

三句詠扇詠蜂，時值晚秋，似仍有餘熱，故有小扇；亦可能習慣以扇撲蜂或撲鶯。

四句謂此時並無寒意，故與春日相比，不缺什麼，只是多了菊花。

三十三、中秋無月三首

兒女無悰坐客稀，今年孤負隔年期。

誰從天上牢遮月，不管人間大欠詩。（卷 24，頁 338）

首句寫兒女無月不歡，來客亦因而稀落。

二句說出原因：去年期盼今年中秋月圓如昔。切題。

三句問天，何人藏月。

四句合：因而沒有詩意。

末句後三字未免太拙。

三十四、同題之二

撲地痴雲欲萬重，家家簾幙護房櫳。
世間第一無情物，誰似中秋雨與風！（同上）

首句詠雲，雙重夸飾：「痴」、「萬重」。

次句謂因無月，家家垂簾。

三句一轉興波。

四句直斥是夜之風雨，乃無月之罪人。

三十五、同題之三

一生露下風前客，兩歲愁邊病裏身。
姑置陰晴圓缺事，藥寮燈火正相親。（同上）

首句謂自己本爲吟風弄月之雅人。

次句謂二年來爲使金懷愁，雅興已減。

三句說既然無月，也就放下月亮的事。

四句以燈代月，以藥代風露。

此首較爲消極平和，不復怨天。

三十六、丙午人日立春，屈指癸卯孟夏晦得疾，恰千日矣，戲書

百年能有幾春光，只合都將付醉鄉。
衰病豁除千日外，尚餘三萬五千場。（卷 26，頁 364）

丙午爲孝宗 13 年（1186 年），癸卯爲孝宗 10 年（1183 年）。今時石湖六十一歲矣。

首句謂人生百年，春光（好日子）不多。

次句謂不如付之一醉。

三句是假設的說法。

四句是樂觀的結論，若活百歲，是三萬六千餘日，減去千日，乃三萬五千天。

自解之辭，亦足解頤。

三十七、春困二絕

踩花生菜又新年，節物人情已可憐。
不待春來呼我困，四時何日不堪眠？（同上）

按吳俗立春日，兒童以春困（睏）相呼，以掉頭不應者爲黠。

首句詠新年風物。

次句繼之，謂過年過節畢竟人情可愛。

三句做反面文章：不必對我呼春困。

四句我四季都睏都好眠。

三十八、同題之二

諾惺菴裏呼春困，特地回頭著耳聽。
若解昏昏安穩睡，主翁方始是惺惺。（同上）

首句諾惺菴爲石湖晚年居室名，義近痴聾自在。

次句一回頭，明示自己不黠也。

三句又強調好眠。

四句謂如此我方可稱眞糊塗，眞自在。

三十九、初夏三絕，呈游子明、王仲顯

東君不解惜芳菲，料峭寒中一夢非。
剪盡牡丹梅子綻，何須風雨送春歸：（卷 26，頁 368）

首句怨東風吹花凋零。

二句謂夢醒花落。

三句牡丹落盡，唯有梅子初熟。

四句怨風雨送春。

四十、同題之二

一簾芳樹綠蔥蔥，胡蝶飛東覓綺叢。
雪白荼蘼紅寶相，尚攜春色見薰風。(同上)

首句詠綠樹。

次句詠蝴蝶。二者爲主客。

三、四句似謂酴醿有白、紅二色，獨佔春末夏初之空間。「見薰風」入神。

四十一、同題之三

送春迎夏未聞雷，日日斜風細雨來。
不是故人能裹飯，柴門雖設爲誰開？(同上)

首句切題，不聞春雷和夏雷。

次句正面詠天候。

三句謂裹飯待客。

四句詠迎客。

四十二、梅雨五絕

梅雨暫收斜照明，去年無此一日晴。
忽思城東黃篾舫，卧聽打鼓踏車聲。(卷26，頁369)

首句詠雨止乍晴。

二句極言其難得。

三句謂欲坐船小遊。

四句詠悠閒之態。踏車，踏水車也。

四十三、同題之二

乙酉甲申雷雨驚，乘除卻賀芒種晴。
插秧先插蚤秈稻，少忍數旬蒸米成。(同上)

按吳農忌五月甲申、乙酉雨，雨則大水，諺云：「甲申猶自可，乙酉怕殺我！」首句詠此。

芒種在五月，爲二十四節氣之一，在小滿後十五日，謂有芒之穀可稼種也。

乘除，加減也，一好一壞也。

三句詠先種秈稻，此稻性不黏，早熟。

四句承之，蓋數十日後即長成可食也。

四十四、同題之三

風聲不多雨聲多，洶洶曉衾聞浪波。
恰似欲眠隱靜寺，玉霄泉從床下過。（同上）

首句詠風雨。

二句詠雨。用常喻。

三句四句用一大喻：繁昌縣隱靜寺方丈，山後玉霄泉自板閣下過，最爲佳致。

此詩由平而俏。

四十五、同題之四

千山雲深甲子雨，十日地濕東南風。
靜裏壺夫人不到，火輪飛出默存中。（同上）

首句詠雲雨破題。

次句詠地、風。

三句謂自得一幽境。

四句：道家東南坐，想日出以煉氣，謂之默存。詠日出也，或想日出。

四十六、同題之五

雨霽雲開池面光，三年魚苗如許長。
小荷拳拳可包鮓，晚日照盤風露香。（同上）

首句詠雨霽，兼及池塘。

次句詠魚苗。

三句以荷包鮓，或詠荷花之大盛。

四句以鮮魚饗口。「晚日照盤」煞有意思。

四十七、立秋二絕

三伏熏蒸四大愁，暑中方信此生浮。

歲葉過半休惆悵，且對西風賀立秋。（卷 28，頁 388）

首句詠三伏（由夏末到秋初）天氣炎熱，天地且爲之發愁。

次句謂歷暑乃知人生之虛浮。

三句謂一年又半。

四句對西風賀立秋，恰好表現了石湖的高度幽默感。

四十八、同題之二

折枝楸葉起園瓜，赤小如珠嚥井花。

洗濯煩襟酬節物，安排笑口問生涯。（同上）

首句詠立秋日採園蔬。

二句井花小而紅，用珠爲喻。

三句洗襟迎節。

四句以笑容對未來生涯。此句與上首末句形異神同。

四十九、立春枕上

擇蔬翻餅鬧殘更，兒女喧喧短夢驚。

想得春風連夜到，東禪粥鼓忽分明。（卷 29，頁 408）

首句在晨間選擇立春日吃的蔬菜，又做餅，十分熱鬧。

二句孩子興奮，大人夢醒。

三句想春風將來。

四句詠禪寺吃粥的晨鼓清晰地傳來。

由裏而外，都吟詠到了。

五十、重陽不見菊二絕

節物今年事事遲，小春全未到東籬。
可憐短髮空欹帽，欠了黃花一兩枝。（卷 32，頁 431）

首句謂今年由春天起，事事物物都延遲。

次句謂今秋小陽春亦未降臨。

三句自我描寫，狀徒然等待之相。

四句切題，亦可算畫龍點睛。

五十一、同題之二

冷蕊蕭疎蝶懶飛，商量何日是花時。
重陽過後開無害，只恐先生不賦詩。（同上）

上首說完全無菊，此首首句似謂菊花開得不盛，惹得蝴蝶都沒勁了。

二句蝴蝶商量開花時間，動作有趣。

三句一抑，故作樂觀狀。

四句謂菊不開花，吾人不寫詩。

以上五十一首節令詩，有以下四特點：

一、或季節，或特殊節日，各有所抒。

二、以季節之詩多。

三、用喻、擬人皆不多，以白描爲勝。

四、生活化。

肆、詠物

一、窗前木芙蓉

辛苦孤花破小寒，花心應似客心酸。
更憑青女留連得，未作愁紅怨綠看。（卷一，頁 5）

首句以「辛苦孤花」形容木芙蓉，已覺別致，「破小寒」三字更有力道。

二句爲全詩警句：同樣的心，同樣的心酸，物我合一矣。

三句詠霜神來臨。

四句謂自在生長，不必怨天尤人。

二、落鴻

落鴻聲裏怨關山，淚濕秋衣不肯乾。
只道一番新雨過，誰知雙袖倚樓寒。（卷一，頁 9）

首句破題，怨關山，猶怨天也。

次句有感而發。

三句誤以爲新雨。

四句詠倚樓寒、雙袖龍鍾之態，如見其形神。

嚴格說來，此詩乃借物興感。

三、戲題藥裹

捲卻絲綸颺卻竿，莫隨魚鱉弄腥涎。
須知別有垂鉤處，枯海無風浪拍天。（卷 4，頁 40）

首句謂不再釣魚了。
次句增益其事。
三句一轉入神。
四句謂煎藥吃藥。

四、斑騅

斑錐別後月纖纖，門外梳桐影畫簾。
留下可憐將不去，西風吹上兩眉尖。（卷四，頁 46）

首句懷念斑錐並描寫眼前景色。
二句詠疏桐印簾，「畫」字爲句中眼。
三句謂我留下，無斑錐載我去。
四句謂愁上眉梢。
此用留白法詠斑錐。

五、次韻溫伯苦蚊

白鳥營營夜苦飢，不堪薰燎出窗扉。
小蟲與我同憂患，口腹驅來敢倦飛。（卷六，頁 67）

首句以白鳥喻蚊，奇喻也。
次句謂蚊香襲蚊，牠不得不飛出窗外。
二句全從蚊身著想。
三句謂有生之物皆有同類的憂患。
四句說出答案：爲了口腹之慾，爲了生存，不得不奔勞倦飛。
此詩可謂得民胞物與之致。

六、道見蓼花

秋風裊裊露華鮮，去歲如今刺釣船。
歙縣門西見紅蓼，此身曾在白鷗前。（卷六，頁 69）

蓼，一年生草木，或生水中，或生原野，葉味辛香，古人用以調味。花色紅。

首句詠風露，作爲蓼花之背景。

次句回憶，似與主題不大相干。

三句切題，歙縣在安徽。

四句謂白鷗曾飛此或停此，與紅花互相配襯。

七、黃伯益官舍賞梅

一杯何處洗愁顏，黃法曹家玉樹寒。
翠袖拈香留客看，春風都在小闌干。（卷六，頁 75）

首句僅一杯酒不能消愁。

次句詠黃氏（官法曹）家梅花，以玉樹喻之。

三句有女拈花留客。「翠」袖與白（梅）相對應。

四句總述：小欄杆邊梅樹正盛開也。

八、次韻朱嚴州從李徽州乞牡丹三首之一

佳人絕世墮空谷，破恨解顏春亦來。
莫對溪山話京洛，碧雲西北漲黃埃。（同上）

首句直接以「佳人」喻牡丹：牡丹蓋花中之王也。

「墮空谷」，狀無人欣賞之落實也。

二句一轉：破人間之恨，解人們之顏，春色即至。

三句謂見牡丹忘富貴（牡丹本爲富貴花）榮華。

四句以碧雲烘托「黃埃」：牡丹色金黃，故以此喻之，「漲」字亦有風致。

九、同題之二

歙浦煙山盤萬疊，釣台雲日擁千章。
兩候好事洗寒劣，寶楹移春入燕香。(同上)

此詩作于嚴州。
首句詠山，用夸飾法。
次句詠釣台及千株樹木。
三句切題，牡丹一洗寒劣之天候。
四句正面詠牡丹之芳香。

十、同題之三

閬風苑裏司花女，肯作山腰水尾來。
十二玉欄天一笑，只今歸路五雲開。(時傳使君有召命)

首句謂天女，喻牡丹。
二句謂惠然肯來朱家。
三句描寫朱氏花圃。「天一笑」，何等風采！
四句五雲開，謂五色雲爲朱氏而開，可謂雙喜臨門。其實這已與牡丹無關。

十一、九月十日南山見梅

五斗留連首屢回，來尋南澗渥塵埃。
春風直恐淵明去，借與橫斜對菊開。(卷八，頁 105)

首句謂五斗米官職今猶不捨。
次句謂終於在南澗看見另一天地。
三句謂春風戀淵明，此假設之辭。
四句以「橫斜」代梅。此梅與菊同時對開，爲標準的早梅。
三句淵明，或暗中自指。

十二、從巨濟乞蠟梅

寂寥人在曉雞窗，苦憶花前續斷腸。
金樹折來應不惜，君家眞色自生香。（卷九，頁 112）

首句自詠寂寞之態。

二句抒己愛花之癖。

三句切題。因有「斷腸」之癖，想對方應「不惜」。

四句正面詠蠟梅。

十三、戲題牡丹

主人細意惜芳春，寶帳籠堦護紫雲。
風日等閒猶不到，外邊蜂蝶莫紛紛。（卷 11，頁 143）

首句破題，芳春即指牡丹。

二句描寫培植牡丹之實況，紫雲即牡丹。

三句謂好風好日遲到。

四句勸蜂蝶不要急於採蜜。

「戲」字在四句充分流露出來。

十四、採蓮三首

溪頭風迅怯單衣，雨槳凌波去似飛。
折得蘋花雙葉子，綠鬟撩亂帶香歸。（卷 17，頁 144）

首句詠坐船。

二句繼之。

三句折蘋花，疑即指蓮。

四句描寫蓮姿。

十五、同題之二

藕花深處好徘徊，不奈華筵苦見催。
記取南溼茭葉露，月明風熟更重來。（同上）

上首以蘋花代蓮，此首則用藕花。

一句詠藕花，實詠蓮也。

二句謂有宴要赴，不能久留。

三句謂記取此處好花好葉。

四句擬夜間重來。

此詩主抒依依不捨之態。

十六、同題之三

柔櫓無聲坐釣魚，浪花飛點翠羅裾。

空江月暮無來客，腸斷三湘一紙書。（同上）

首句詠划舟釣魚。

次句以翠羅裾喻蓮葉。

三句詠無客。

四句似謂以一紙書寫採蓮人之斷腸。

十七、方竹杖

竹君箇箇面團團，此士剛方獨凜然。

外貌中心俱壁立，任從癡子削教圓。（卷 13，頁 163）

首句謂一般竹杖頂都是一團圓的。

次句詠此杖之與眾不同，徹底用擬人法。

三句壁立，是寫實，亦象徵其方正。

四句無可奈何，被傻子削成圓杖。

人生在世，多有身不由己時，此詩亦借題發揮耳。

十八、初見山花

三日晴泥尚沒靴，幾將風雨過年華。

湘東二月春才到，恰有山櫻一樹花。（卷 13，頁 165）

首句詠濕泥沒靴。爲後文鋪路。

二句謂今年過年多風雨。

三句謂湖南春晚。

四句詠主角櫻花，只一語足矣。

十九、兩虫

鷓鴣憂兄行不得，杜宇勸客不如歸。
天涯羈思難繪畫，惟有兩虫相發揮。（卷 13，頁 168）

首句詠鷓鴣，其鳴聲近似「行不得也哥哥」。

次句詠杜鵑，其鳴聲如「不如歸去，不如歸去」。

三句自抒在異鄉的愁思。

四句切中紅心：二鳥代抒此情。

二十、沈家店道旁棣棠花

乍晴芳草競懷新，誰種幽花隔路塵？
綠地縷金羅結帶，爲誰開放可憐春？（卷 13，頁 169）

首句泛寫春花：「競新」有致。

二句直接詠棣棠。

三句細寫其狀貌：棣棠葉互生，長卵形而尖，四月頃開花，五瓣，黃色，花單瓣者雄蕊甚多，雌蕊五，能結實，重瓣者不結實。石湖以七字形容之，似亦足矣。

四句乃餘波。

二十一、喜雪示桂人

臘雪同雲嶺外稀，南人北客盡冬衣。
從今老杜詩猶信，梅片飛時雪也飛。（卷 14，頁 177）

首句明說嶺外少雪，以雪與雲相配亦宜。

二句平說。

三句用杜甫詩印証。

四句梅與雪合。

先合雲雪，再合梅雪，亦佳法也。

二十二、綠萼梅

朝罷東皇放玉鸞，霜羅薄袖綠裙單。

貪看修竹忘歸路，不管人間日暮寒。（卷17，頁231）

全詩全用擬人擬物法。

首句謂風神下朝即放玉鸞（喻梅）下凡塵。

二句描述綠萼華風姿，全用比喻。

三句謂玉鸞貪看修竹，竟忘歸天之路，在大地歇腳。

四句詠寒以烘襯之。

二十三、玉茗花

折得瑤華付與誰？人間鉛粉弄粧遲。

直須遠寄驂鸞客，鬢腳飄飄可一枝。（同上）

玉茗花，白山茶之佳者，黃心綠萼。

首句直詠玉茗。

二句下比人間脂粉。

三句謂此花宜寄浪遊客。

四句描寫它的風姿不俗。

二十四、郊外閱驍騎剪柳（亦曰槎柳。）

千騎同瞻白羽揮，驚塵一関響金鞿。

不知掣電彎弓過，但覺柳梢隨箭飛。（卷十七，頁233）

首句以白羽喻柳絮。（亦可以白羽代箭。）

二句金屬馬絡頭代馬及騎馬人。

三句以掣電彎弓喻剪柳之行爲。

四句總寫此事。

二十五、櫻桃花

借煖衝寒不用媒，句朱勻粉最先來。
玉梅一見憐癡小，教向旁邊自在開。（卷 17，頁 233）

櫻桃，櫻之變種，春夏間開花，形小，是淡紅白色。
一句顯示櫻桃的勇敢。
二句描述花色花姿。
三句梅來介入，憐其纖小。
四句梅囑此花在路邊自開自放。
此詩可謂用「介入法」。

二十六、錦亭然竹觀海棠

銀燭光中萬綺霞，醉江堆上缺蟾斜。
從今勝絕西園夜，壓盡錦官城裏花。（卷 17，頁 235）

首句以萬綺霞喻紅色的海棠。銀燭光與之相對應。
二句又以「醉紅堆」喻主體，「銀蟾」之「銀」省略。燭、光、月恍然合一矣。
三句說明觀花之地點－作者的家園－西園。
四句成都古名錦城，以此作比，上應「萬綺霞」、「醉江堆」。

二十七、寶相花

誰把柔條夾砌栽？壓枝萬朵一時開。
爲君也著詩收拾，題作西樓錦被堆。（同上）

寶相花爲薔薇之一種，形大色麗。
首句描述此花之位置。
二句以夸飾法詠之。
三句以詩御花。
四句以錦被堆喻寶相花。
寫法與上首大同小異。

二十八、陸務觀云：春初多雨，近方晴，碧鷄坊海棠全未及去年

遲日溫風護海棠，十分顏色醉春粧。
天公已許晴教好，説與鳴鳩一任忙。（卷 17，頁 245）

首句直接點出主角－海棠，且以風日爲配襯。
次句泛寫海棠之美，用擬人法。
三句扯出天公來，乃祝福之意。
四句以鳴鳩爲烘襯。

二十九、同題之二

報事碧鷄坊裏來，今年花少似前回。
笙簧冷落遨頭病，不著〈梁州〉打不開。（同上）

碧鷄坊在成都府城內西南。
〈梁州〉，本作涼州，西涼所獻，寓其聲于琵琶。
首句謂陸游由成都報花訊來。
次句切題。
三句以笙簧冷落喻花少，遨頭，俗稱太守，太守病亦襯花少。
四句涼州曲或有淒冷之意。

三十、與至先兄遊諸園看牡丹，三日行徧

拄杖無邊處處過，粉圍紅繞奈春何。
閶門昨日看不足，今日婁門花更多。（卷 20，頁 288）

首句切題。
次句寫繁花。
三句閶門爲蘇州西北門，是蘇州最著名的一個城門。
四句變換一個地方看花。
此詩直述處多。

三十一、同題之二

蜂蝶蕭騷草露漫，小家籬落閉荒寒。
欲知國色天香句，須是倚闌燒燭看。(同上)

首句以蜂蝶露水襯托牡丹。
次句以荒寒反襯牡丹。
三句揮灑開去。
四句謂燭光下看牡丹，更能賞玩其國色天香。

三十二、戲贈腳婆

日滿東窗照被堆，宿窗猶自煖如煨。
尺三汗腳君休笑，曾踏鞾霜待漏來。(卷 20，頁 296)

腳婆，暖身器，俗稱湯婆子。
首句詠晴。
次句詠暖。
三句寫自己的腳上多汗。
四句謂方才曾踏霜而行。
其中三句乃寫用小煖爐（腳婆）烘腳之效果。

三十三、大黃花

大芋高荷半畝陰，玉英微綴碧瑤簪。
誰知一葉蓮花面，中有將軍劍戟心。(卷 21，頁 301)

首句以芋、荷襯大黃花。
次句用比喻描寫此花。主白、綠二色。
三句謂大黃花略似蓮花。
四句謂花中之蕊乃銀白色，閃閃發光。

三十四、新荔枝四絕

荔浦園林瘴霧中，戎州沽酒擘輕紅。
五年食指無占處，何意相逢萬壑東。（同上，頁302）

首句述荔枝生長處。
次句謂在四川曾食荔枝，「擘輕紅」三字入神。
三句謂久未染指。
四句謂今日又得。「萬壑東」夸張而好。

三十五、同題之二

海北天西兩鬢蓬，閩山猶欠一枝筇。
鄞船荔子如新摘，行腳何須更雪峯？（同上）

首句謂自己天南地北奔波，已垂垂老矣。
二句謂未歷福唐一帶。
三句謂寧波荔枝運來蘇州，有如新從枝上摘下，十分新鮮。
四句謂好物不必遠求也。

三十六、同題之三

甘露凝成一顆冰，露穠冰厚更芳馨。
夜涼將到星河下，擬共嫦娥鬥月明。（同上）

首句以冰喻荔枝果。
次句加綴其芳馨。
三句預擬夜到星河（夜空）之下。
四句大出巧思，說將以手中剝出的荔枝和明月相比。
由冰到月，妙喻連連；連三句的星河都有若干映襯作用。

三十七、同題之四

趠泊飛來不作難，紅塵一騎笑長安。
孫郎皺玉無消息，先破潘郎玳瑁盤。（同上）

原注：「四明海舟自福唐來，順風三數日至，得荔子，色香都未減，大勝戎、涪間所產。黃陽孫使君昨寄蜜荔，過期不至；貳車潘進奏餉玳瑁一種亦佳，並賦之。

首句謂四明（寧波）舟至順風，得荔枝。

二句用杜詩楊貴妃食荔典。

三句皺玉，亦荔枝也。

四句玳瑁，疑亦荔枝之一種。

三詩詠及三荔二人。

三十八、採木犀

秋半秋香花信遲，攀枝擘葉看纖微。

昨朝尚作茶槍瘦，今雨催成粟粒肥。（卷 21，頁 303）

木犀，桂之一種，長綠大本，高丈餘，葉長橢圓形而尖，硬而有鋸齒，秋末開黃白等色之花。

首句言木犀開花之遲。

次句謂初開之花甚細小。

三句以之比茶芽之瘦。

四句云今日雨足，則肥大矣。

三十九、中秋清暉閣靜坐，因思前二年石湖、四明賞月

前年銀界接天迷，去歲金盤湧海底。

漂泊相逢重一笑，秦淮東畔女牆西。（卷 22，頁 318）

首句詠前年在石湖賞月，以「銀界」代月。

二句詠去年在四明賞月，「湧海」正對「接天」。

三句將月亮擬人化，謂我與汝皆漂泊宇內，不免相逢一笑。

四句交代當時的地點。

四十、吳燈兩品最高

鏤冰影裏百千光，剪綵毬中一萬窗。
不是齊人誇管晏，吳中風物竟難雙。(卷 23，頁 325)

首句以鏤冰喻春燈。
次句以剪綵球及「一萬窗」雙喻另一燈。
三句又以管晏喻品最高。
四句綜結切題。

四十一、雪寒探梅

酸風如箭莫憑闌，凍合橫枝雪未乾。
吳下得春元自晚，那堪天與十分寒。(卷 23，頁 327)

首句用喻詠寒風。
二句詠雪凍梅花。
三句一抑。
四句切題。
「探」字隱而未現。

四十二、案上梅花二首

南坡玉雪萬花團，舊約東風載酒看。
冷落銅瓶一枝亞，今年天女亦酸寒。(卷 23，頁 328)

首句以玉雪喻梅，以「萬花團」輔之。
二句謂原約東風共飲。
三句謂東風不來，冷落梅花，亞者低也。
四句天女指花神。

四十三、同題之二

地爐火煖日烘窗，一夜花鬚半吐黃。
鼻觀圓通重百和，博山三夕罷燒香。(同上)

首句謂地爐與日並陳，煖氣洋洋。

次句描寫梅蕊之黃。

三句謂花香溢鼻。

四句說三夜不燒香，以嗅梅香足矣。

四十四、古梅二首

孤標元不鬥芳菲，雨瘦風皴老更奇。
壓倒嫩條千萬蕊，只消疎影兩三枝。（卷23，同上）

首句謂梅至高潔，不與他物鬥芳香。

次句詠雨中梅姿。「老」字切「古」。

三句言其高貴。

四句用林逋句意：兩三枝足矣。

四十五、同題之二

誰似西湖處士才，詩中籬落久塵埃。
陸郎舊有梅花課，未見今年句子來。（同上）

此詩作法特別，只詠二詩人之梅詩，是留白法。

首句說林逋。

二句謂和靖梅詩之風采久未睹矣。

三句說陸游每年詠梅。

四句謂今年未見其詩。

示憾之外，也烘托了梅的高潔。

四十六、題藥方

孤童亦復夢槐柯，無德無功用福多。
天理乘除當老病，〈巢源〉、「王訣」奈君何！（同上，頁329）

首二句似謂孤童自有其福，以此對比自己的老病。

三句謂天理伸張，人老自然有病。

四句謂世之良方，奈汝何哉！

此自嘲之辭。

四十七、聞春遠牡丹盛開

東軒聞道有花開，癡坐三椽首謾回。

縱得好晴猶懶看，那堪風雨揭天來。（卷 23，頁 330）

首句破題。

二句癡坐盼望。

三句又說懶看。

四句又怪風雨。

此詩是不看好花詩。

四十八、蜀花以狀元紅爲第一，金陵東御園紫繡球爲最

西樓第一紅多葉，東苑無雙紫壓枝。

夢裏東風忙裏過，蒲團藥鼎鬢成絲。（卷 23，頁 330）

首句詠荔枝。

次句詠紫繡球草花。

三句謂東風忙於迎春送春。

四句自詠：老病兼打坐。

全詩謂天下好物多，可惜己身已老病，不能實地欣賞矣。

四十九、巖桂三首

風簾疎爽月徘徊，悵望家人把酒杯。

病著幽窗知幾日，瓶花兩見木犀開。（卷 24，頁 338）

首句詠風、簾、月，爲全詩布局。

次句把酒。

三句詠病中心情。

四句見桂花兩開，莫非已病二年（或一年多）矣。

五十、同題之二

越城芳徑手親栽，紅淺黃深次第開。

不用小山〈招隱賦〉，身如強健日千迴。

首句謂親栽桂樹。

次句描述其色澤。

三句用淮南小山典。

四句謂如果身健無恙，一日千回賞花、培花亦不難也。

五十一、同題之三

一株蕭索倚宣華，東苑香風屬内家。

丹碧屠蘇銀燭照，平生奇絕象山花。（同上）

自注：少城圃中惟有一株，建康東御園有亦不多。四明丹桂特奇，州宅所種尤蔚茂，常與魏丞相夜飲其下。

首句以美女宣華夫人為喻。

次句惟此屬皇家內苑。

三句謂在銀燭下賞桂，以酒助興。

四句為夸飾式的誇讚。

五十二、次韻龔養正送水仙花

色界香塵付八環，正觀不起況邪觀。

花前猶有詩情在，還作淩波步月看。（卷 25，頁 349）

首二句謂此水仙超凡入聖。

三句以詩喻之。

四句用典：此花乃月下淩波仙子也。

五十三、寄題石湖海棠二首

手開芳徑越城頭，紅錦屠蘇結綺樓。

不把萬枝銀燭照，淡雲微月替人愁。（卷 25，頁 354）

首句謂在家鄉盛植海棠。

次句謂大紅色的屠蘇結成綺樓。

三句謂此花宜以萬燭照明供人賞鑑。

四句以雲月爲襯，「替人愁」入神。

五十四、同題之二

老懶居家似出家，園林春色雨沾沙。

海棠尚自無心看，天女何須更散花？（卷 25，頁 354）

首句自抒心情。

二句詠石湖園林春景。

三句一抑。

四句抑而實揚：以此譬海棠之珍貴。

五十五、寄題郫縣蘧仙觀四楠（蘧仙手植，嘗有丹光現其杪。）

沉犀浦上舊仙蹤，老木長春翠掃空。

敢請丹光來萬里，爲扶雲嶠駕飛鴻。（卷 24，頁 367）

首句讚美蘧仙。

次句讚其種樹。

三句詠丹光乍現事。

四句謂此光此木可助飛鴻昇天。

五十六、春來風雨，無一日好晴，因賦瓶花二絕

滿插瓶花罷出遊，莫將攀折爲花愁。

不知燭照香薰看，何似風吹雨打休？（卷 26，頁 367）

首句破題。

次句爲折枝爲瓶花辯解。

三句寫瓶花之好。

四句對照風雨中飄零的花枝花朵。

五十七、同題之二

酒冷花寒無好懷，柴荊終日爲誰開？
三分春色三分雨，正似東風本不來！（同上）

首句詠風雨之日心緒索然。

二句謂有門不開。

三句謂雖有春色（瓶花也），但窗外全是風雨。

四句是牢騷話：東風來不來，有何差異？

五十八、小春海棠來禽

東君好事惜年華，偏愛荒園野老家。
一任西風管搖落，小春自管數枝花。（卷 27，頁 379）

首句東君者東風也，惜此大好年華。

二句說明海棠的地點。

三句西風搖落眾花。

四句謂東風在陰曆十月之小春仍管數枝海棠盛放。

全詩未詠及「來禽」，不知何故，或盡在不言中？

五十九、戲詠絮帽

尖斜綰撮似兜鍪，緊護風寒煖白頭。
不解兵前當箭鏃，解令曉枕睡齁齁。（卷 27，頁 381）

首句描述此帽形似頭盔。

次句正面敍述其功能。

三句故意與頭盔相比：不在戰場上被弓箭所射。

四句又正面說：可以陪人睡覺。

正正反反，參差成詩。

六十、賞海棠三絕

芳春隨分到貧家，兒女多情惜歲華。
聊爲海棠修故事，去年燈燭去年花。（卷 28，頁 386）

首句破題，以芳春代海棠。

次句譏兒女之惜春惜花。

三句兒女聊爲海棠助威。

四句以去年的燈燭伴綴海棠。

六十一、同題之二

燭光花影兩相宜，占斷風光二月時。
但得常如妃子醉，何妨獨欠少陵詩。（同上）

首句續承上詩詩意。

二句說明時序。

三句以妃子醉喻海棠之美姿。

四句據說杜甫一生未詠海棠，此反用其典也。

六十二、同題之三

憶向宣華夜倚闌，花光妍煖月光寒。
如今蹋颯嫌風露，且只銅瓶滿插看。（同上）

首句又以宣華夫人（陳宣帝女，姿貌無雙，爲隋文帝嬪妃）喻花。

二句配以月光，更增其美。

三句謂如今嫌風雨摧殘。

四句說只好插在瓶裏欣賞。

三詩互補。

六十三、素羹

氈芋凝酥敵少城，土藷割玉勝南京。
合和二物歸藜糝，新法儒家骨董羹。（卷 28，頁 393）

首句詠芋酥。

次句詠土藷羹。

三句謂二物可供飲食。

四句謂此二物之製作吾家自有方法，非夙昔之食物。

可惜多直述，鮮有詩意。

六十四、古鼎作香爐

雲雷縈帶古文章，子子孫孫永奉常。
辛苦勒銘成底事？如今流落管燒香。（同上，頁394）

首句描寫鼎的模樣，雲雷不免夸飾。

二句切題。

三句一抑一歎。

四句嘆古鼎流落至今變了燒香之爐。

六十五、海棠欲開雨作

春睡花枝醉夢回，安排銀燭照粧台。
蒼茫不解東風意，政用此時吹雨來。（卷30，頁414）

首句直描海棠欲開之姿。

二句點燭欣賞海棠。

三句又怪東風。

四句切題。

六十六、雨再作正妨海棠

漂紅濕紫滿莓苔，潑墨濃雲尚送雷。
風雨豈無他日再，何須隨卻海棠來？（同上）

首句描寫雨漂海棠之態。

二句說雷雨。

三句倒裝：豈無風雨他日再來，風雨可以他日再來。

四句斥責風雨來得不是時候，妨及正主。

六十七、次王正之提刑韻，寫哀起巖知府送茉莉二檻之二

燕寢香中暑氣清，更煩雲鬟插瓊英。
明妝暗麝俱傾國，莫與礬仙品弟兄。（卷30，頁417）

首句開場白，介紹茉莉出場。
次句以瓊英喻茉莉，女子插之上鬟。
三句謂其色香俱迷人。
四句說茉莉品高，不與礬等稱兄道弟。

六十八、再賦茉莉二絕之一

薰蒸沉水意微茫，金樹飛來爛熳香。
休向寒鴉看日景，只今飛燕侍昭陽。（同上）

首句寫茉莉風姿。
次句再詠其芬芳，「飛來」二字入神。
三句謂茉莉品高，不與鴉雀為伴。
四句說它與趙飛燕同侍宮殿中。
三四句巧用寒鴉（鳥名）、「飛燕」（佳人名）作對。

六十九、再賦郡沼雙蓮三絕之一

館娃魂散碧雲沉，化作雙葩寄恨深。
千載不償連理怨，一枝空有合歡心。（同上）

首句用館娃宮西施典，「碧雲沉」三字烘襯得好。
二句以二蓮喻佳人。
三句假想西施與夫差之死後遭遇。
四句「一枝蓮花」代雙，以「合歡」對上句「連理」。

七十、題藥簏

合成四大本非眞，便有千般病染身。
地火水風都散後，不知染病是何人。（卷31，頁425）

首句人體由地火水風合成，其實本屬空幻。

次句謂肉身多病。與首句緊密關聯。

三句假設人死後。

四句不復知染病者爲誰。

一切皆歸於空無。此亦自慰自我解嘲之辭也。

全詩妙在無一字著於藥籠本身。

七十一、簡畢叔滋覓牡丹

冷落韶光穀雨寒，一年孤負倚闌干。

欲知春色偏濃處，須向香風逕裏看。（畢園花逕名香風。）

首句詠穀雨時節之天候。

二句謂倚欄杆時嘆時光空度。

三句切題而抒。

四句介紹本詩主角之家園，牡丹二字，呼之欲出。

七十二、以狨坐覆蒲龕中

蠹蝕晨昏度幾年，蒙茸依舊軟如綿。

且來助煖烏皮几，莫憶衝寒紫繡韉。（卷 31，頁 434）

首句謂狨皮歷經滄桑。

二句形容其體態。

三句詠其功能。

四句謂莫憶想當年覆蓋于馬鞍上馳騁邊疆之往事。

此一時，彼一時也。

七十三、連夕大風，淩寒梅已零落殆盡三絕之一

枝南枝北玉初匀，夜半顛風捲作塵。

春夢都無三日好，一冬忙殺探梅人。（卷 33，頁 444）

首句寫梅之初態。

次句寫遭風摧殘後的情況，「捲作塵」入神。

三句以春夢代梅。

四句謂探梅人忙來忙去，最後落得一片空零。

惋惜之意，三致其辭。

七十四、雲露堂前杏花

蠟紅枝上粉紅雲，日麗烟濃看不眞。

浩蕩光風無畔岸，如何鎖得杏園春。（卷 33，頁 445）

首句詠杏花之姿，雖重複一「紅」，卻甚爲適切。

次句一抑有味。

三句一揚，春日風光迷人。

四句復揚：杏園春色無邊。

七十五、聞石湖海棠盛開，亟攜家過之三絕之一

東風花信十分開，細意留連待我來。

開過十分風不動，更無一片點蒼苔。（卷 33，頁 446）

首句正面詠海棠盛開，「十分」好。

二句將海棠擬人化，「細意」入神。

三句又用「十分」，雖稍淡卻，不嫌重複。「風不動」下啓四句。

四句寫海棠全身，未落一瓣。

以上七十五首詠物詩，有以下五大特色：

一、以詠植物爲主，如梅、荷、牡丹、海棠、杏花等尤所鍾情。

二、亦有詠果物者，如荔枝。

三、其他日常生活之物，如藥籠、腳婆、絨皮、燈等，亦不時吟詠。

四、多白描，亦用喻，或擬人化，少數幾首用典－多用婦人之典。

五、多爲中上品之作，偶見上品，亦有中下品者。

伍、生活

一、嘲里人新婚

冷豔頳容一笑開，什將鸞扇更徘徊。
笠篌細寫歸舟字，彷彿遊仙夢裏來。（卷一，頁 6）

前句寫新娘風姿。「開」字有味。

次句勸新郎不必再在旁邊徘徊了。

三句詠箜篌，詠歸舟－莫非預示新娘之歸寧乎！

四句以神仙譽二新人。

全詩平鋪直敘，「嘲」字在不知不覺中。

末句展示石湖的幽默感。

二、曉行

篝燈驛吏喚人行，寥落星河向五更。
馬上誰驚千里夢，石頭岡下小車聲。（卷二，頁 13）

石頭岡，又叫石子岡，在江寧縣南十五里。

首句破題：有燈籠、有驛吏，有行人（作者自指）。

二句說出時間－約清晨四、五點。星河為背景襯托。

三句委婉說明將有千里之行。

四句表明地點及車輛。

此詩所詠，似為石湖獨行。

三、宴坐菴四首

油燈已暗復微明，石鼎將乾尚有聲。
衲被蒙頭籠兩袖，藜牀無地著功名。（卷二，頁 17）

首句寫夜中室內景象。
次句寫室外石鼎，可能正有風雨。
三句寫自己的睡態。
四句謂晏坐閒居，不求功名。

四、同題之三

粥魚吼罷鼓逢逢，卧聽飢鼠上曉釭。
一點斜光明紙帳，悟知檐雀已穿窗。（卷二，頁 17）

首句粥魚，木魚也；吼，和尚唸經聲；「鼓逢逢」，敲打木魚聲。
二句以飢鼠爲襯。
三句曙光現矣。
四句簷雀趁晨光入侵室內。用「悟知」委婉。

五、即事

醉袖籠鞭轉柳塘，青門共樹掩殘香。
誰驚翡翠雙飛去？只有蓮花對斷腸。（卷二，頁 30）

首句詠醉遊柳塘。
二句詠城門、樹木及花香。
三句驚起翡翠。
四句詠蓮花斷腸。
是一幅村郊圖。「斷腸」二字稍嫌勉強。

六、一篙

一篙新綠浦東西，雪絮漫江雁不飛。
宿雨才晴風又轉，片帆那得及時歸。（卷三，頁 27）

首句破題，詠船遊。

二句有雪無雁。（按雪絮亦可解作柳絮，蓋柳絮潔白。）

三句詠天氣不穩定。

四句謂回程艱難。

意象豐富，抒寫灑落。

七、晚步

排門簾幕夜香飄，燈火人聲小市橋。
滿縣月明春意好，旗亭吹笛近元宵。（卷三，頁 34）

首句寫家中情狀。

次句詠出門所見所聞。

三句詠月兼詠春色。

四句詠笛詠時序。

由香到月到人聲到笛聲，悠閒之至。

八、夜歸

竹輿伊軋走長街，掠面風清醉夢回。
曲巷無聲門户閉，一燈猶照酒壚開。（卷四，頁 41）

首句乘轎而夜行。

二句風清拂醉人之面。

三句詠曲巷無聲，「門戶閉」增益之。

四句詠燈－酒家夜開之燈。

莫非誘石湖再縱一醉乎？

九、枕上

明月無聲滿屋梁，夢餘分影上人床。
素蛾默默翻愁寂，付與風鈴語夜長。（卷四，頁 45）

首句詠月光入室。

二句謂夢醒時月移影子上床。

三句想像嫦娥「碧海青天夜夜心」。

四句風鈴響，疑似嫦娥撼之。「語夜長」緊黏上句。

十、病中絕句八首

空裏情知不著花，逢場將病當生涯。
蒲團軟煖無時節，夜聽蚊雷曉聽鴉。(卷四，頁 46)

首句表示自己消極的心情：世間無花矣。

二句「將病當生涯」甚爲苦澀。

三句躺臥于蒲團，簡直忘了時序。

四句實寫：聽蚊（雷爲巧喻）聽鴉，二物皆可厭者。

十一、同題之二

溽暑薰天地湧泉，彎跧避濕挂行纏。
出門斟酌無忙事，睡過黃梅細雨天。(同上)

首句詠夏季光景。

次句詠馬。

三句出門小酌。

四句長睡養病。

以馬態烘托自己的病身。

十二、同題之三

石鼎颼颼夜煑湯，亂拖芝朮鬥溫涼。
化兒幻我知何用？只與人間試藥方？（同上）

首句寫室中煑湯。

二句煑的是芝朮。

三句一轉：謂造化造我有何用處。

四句說自己的功能只是爲人們試吃藥方。

病中譫語，亦是詩也。

十三、同題之四

病中心境兩俱降，猶憶江湖白鳥雙。

一夜雨聲鳴紙瓦，聽成飛雪打船窗。（同上）

首句詠病中心境，身心俱頹。

次句回憶美好往事，此病人常態也。

三句詠夜中風聲。

四句幻想是雪打船窗。此句與二句之「猶憶」相應，非人在船中也。

十四、同題之五

檐頭排溜密如簾，溪上層陰定解嚴。

最是看山奇絕處，白雲堆絮擁青尖。（同上）

首句詠簷雨之密。

次句想像溪上已雲散。

三句似在室內看山。

四句白雲青尖，十分新鮮。

病中亦得小趣也。

十五、同題之七

盆傾瓴建夜翻渠，繞屋蛙聲一倍粗。

想見西堂渾不睡，明朝踏溫看菖蒲。（謂現老。）（同上，頁 47）

首句寫大雨傾盆。

二句寫蛙聲如鼓。

三句念好友。

四句謂明朝二人可同遊。

此亦病中自遣之辭。

十六、同題之八

晴色先從喜鵲知，斜陽一抹照天西。
竹雞何物能無賴，如汗泥深更苦啼。（同上）

先詠喜鵲迎晴。
次詠夕陽。
三句竹鷄無賴－調皮。
四句詠泥深，兼及竹雞之啼聲。
由晴光到泥深，病中感受敏銳。

十七、晚步西園

料峭輕寒結晚陰，飛花院落怨春深。
吹開紅紫還吹落，一種東風兩樣心。（卷五，頁 59）

首句詠陰寒之天氣。
二句將飛花擬人化，與人一起怨春深。
三句謂東風先吹花開，又吹花落，是前句之展延。
四句總縮說東風之質性。

十八、刈麥（麥熟連雨妨刈，老農云：「得便晴，即大穫；不爾，當減分數。）

麥頭熟顆已如珠，小陀惟憂積雨餘。
匄我一晴天易耳，十分終惠莫乘除！（卷 7，頁 86）

首句詠麥熟，用珠為明喻。
二句謂此際最怕下雨。
三句祈天放晴。
四句再追加祈福。

十九、插秧

種密移疎綠毯平，行間清淺縠紋生。
誰知細細青青草，中有豐年擊壤聲！（同上）

首句詠插秧移稻，以毯爲喻。
二句細寫其田中形象。
三句以青青草喻稻秧。
四句預祝豐收。擊壤歌，民間慶豐年之歌也。

二十、曬繭（俗傳葉貴即蠶熟，今歲正爾。）

隔籬處處雪成窗，牢閉柴荊斷客過。
葉貴蠶飢危欲死，尚能包裹一絲窠。（同上）

首句以雪喻蠶。
二句謝客，以免驚擾正成長中的蠶。
三句謂桑葉貴蠶不免受飢。
四句一反：尚能結繭。正好切題。

二十一、科桑

斧斤留得萬枯株，獨速槎牙立暝途。
飽盡春蠶收罷繭，更殫餘力付樵蘇。（同上）

首句謂砍去桑枝，使其明年再生。
次句寫村桑之狀。
三句說收繭。
四句說砍柴木作燃料。
此詩爲前首之繼。二詩可合看。

二十二、浴罷

西城落日半輪明，浴罷衣裳一倍輕。
玉宇風來歸鳥急，火雲鎖盡綠雲生。（卷十，頁 127）

首句寫夕陽。

次句詠浴罷，切題。衣輕，是一種微妙的感覺。

三句詠風、鳥，是室外之景。

四句詠日雲，可視作倒裝句，綠雲生使火雲銷盡。

此時身心俱暢。

二十三、社日獨坐

海棠雨後沁臙脂，楊柳風前撚綠絲。

香篆結雲深院靜，去年今日燕來時。（卷 11，頁 138）

首句詠海棠，用臙脂為喻甚切。

次句詠楊柳，用常喻綠絲。

三句倒裝：結雲如香篆，詠靜。

四句盼燕子再來。

寫景、抒情合一。

二十四、夜坐聽雨

四檐密密又疎疎，聲到蒲團醉夢蘇。

恰似秋眠天竺寺，東軒窗外聽跳珠。（卷 11，頁 142）

首句咏雨入神。

次句謂雨能醒人。

三句以往事比較。

四句再用「跳珠」為喻。

二十五、寒夜獨步中庭

忍寒索句踏霜行，刮面風來鬚結冰。

倦僕觸屏呼不應，梅花影下一窗燈。（同上）

首句破題，增一索句－吟詩。

次句詠冰風結鬚。

三句僕人倚屏酣睡，叫之不醒，示己之孤獨。

四句以梅、燈佐景。

二十六、會野散步

忘却下樓扶我誰，接離顛倒酒沾衣。
貪看雪樣滿街月，不上籃輿步砌歸。（步砌，吳語也。）

首句詠忘。

次句詠顛倒。接離，即爲接羅，頭巾也。

三句詠月，以雪爲喻。

四句謂不上轎，只是步行。

首句下樓，末句步砌，前後呼應。

二十七、緩帶軒獨坐

午日烘開荳蔻苞，檐塵飛動雀爭巢。
蒙蒙困眼無安處，閒送爐烟到竹梢。（卷14，頁178）

緩帶軒，石湖居室也，由名字可窺見其家居安閒之態。

首句荳蔻苞開，歸功於陽光。

次句詠鳥雀爭巢。

三句抒己。

四句看爐烟飄到竹梢上。

萬物靜觀皆自得，是也。一荳蔻，一雀，一煙，皆可以使人出神。

二十八、酒邊二絕

團扇香中嫋嫋風，斷腸聲裏看羞紅。
不須過處催乾盞，聽徹歌頭盞自空。（卷14，頁181）

首句團扇香，似暗示有女伴飲。

二句更進一步，女且歌唱。

三句云莫催酒。

四句說聽歌自飲。

二十九、同題之二

日長繡倦酒紅潮，閒束羅巾理〈六幺〉。
新樣〈築毬〉、〈花十八〉，丁寧小玉慢吹簫。(同上)

首句詠女侍酒。

次句加強之，又來音樂。

三句再增二曲。

四句「慢吹簫」，庶幾供我慢慢品賞也。

三十、納涼

雨洗新秋夜氣清，悴肌無汗葛衣輕。
畫檐分月下西壁，絡緯飛來庭樹鳴。(卷17，頁235)

首句敘明季節。

二句述身穿葛衣而無汗，與「夜氣清」相呼應。

三句寫月色，「分月」入神。

四句配上虫聲，更添納涼之趣。

三十一、夢中作

漠漠人間一氣平，虛無宮殿鎖飛瓊。
碧雲萬里海光動，何處書來金鶴鳴？(卷20，頁297)

此仙遊詩也。

首句謂俯視人間，一片漠漠。

二句寫天上宮殿，若有若無，中有天仙。

三句寫天空及海洋，由上到下。

四句詠鶴；書，疑爲天書。

三十二、曉起

窗明驚起倒裳衣，鈴索頻搖定怪遲。
即入簿書叢裏去，少留欹枕聽黃鸝。(卷21，頁301)

首句謂天明乍覺，倒穿衣裳。

二句謂家人已拉鈴索催他起床。

三句謂即刻上班去吧。

四句又一轉：說不免賴一會床，聽黃鸝的妙音。

是曉起未起之際。

三十三、戲書二首

長病人嫌理亦宜，吾今有計可扶衰。
煩君舁著山深處，恐有黃龍浴水醫。（卷 23，頁 327）

首句寫人之常情。

二句設自解之方。

三句請家人把他抬到山深之處，作隱居之計。

四句是幻設之辭：「黃龍浴水」可醫病乎！按賈魏公云：「世間無藥可療，惟千年木梳燒灰，及黃龍浴水可治。」此小說家言也。

三十四、同題之二

群兒欺老少陵窮，口燥脣乾髮漫衝。
顛沛須臾猶執禮，古來惟有一高共。（同上）

首句用杜甫〈茅屋為秋風所破歌〉：「南村群童欺我老無力，忍能對面為盜賊，……脣焦口燥呼不得。」

首二句全用此典，加「髮漫衝」三字而已－怒髮沖冠也。

三句謂落難之日，猶自守禮。

四句用《史記．趙世家》典：「趙襄子被圍晉陽，惟高共不失臣禮。」此以高共自比，聊以自慰。

三十五、耳鳴

風號高木水翻洪，歷歷音聞不是聾。
一任大千都震吼，便從卷葉證圓通。（卷 23，頁 328）

首句詠風聲水聲。
二句謂耳朵特別靈感。
三句豁出去。
四句以葉在風中捲動之聲，默証圓通之理。
此詩由燥而和。

三十六、占星者謂命宮月孛，獨行無害，但去年復照作災，今年正月一日已出，而歲星作福，戲書二絕

昔躔初度本除災，何意重逢作病媒。
久住靈游今日過，曆翁歡喜動椒杯。（卷 23，頁 329）

首句切題目前半，謂命宮正旺，可以消災。
次句謂事實恰恰相反。
後二句切題之後半，謂今年正月初一起福祥復至。
此詩稍乏詩意。

三十七、喜雨

昨遣長鬚借踏車，小池須水引蛙鳴。
今朝一雨添新漲，便合翻泥種藕花。（卷 23，頁 331）

首句謂踏車引水。
次句繼之。
三句寫雨來。
四句詠種花。
起承轉合，一絲不苟。

三十八、嘲風

紛紅駭綠驟飄零，癡騃封姨沒性靈。
報道海棠方熟睡，也須留眼爲渠青。（卷 23，頁 331）

首句詠風吹花葉凋零。

二句怨風神缺乏人性。

三句特別拈出盛開的海棠。

四句祈求風神特予優容。

三十九、大風

春晴雖好恨多風，到眼花枝轉眼空。
晴不與花爲道地，爭如雲淡雨濛濛。（同上）

首句詠春晴而多風。

次句緊承：萬花飄零矣。

三句怨天晴而不照顧花。

四句謂寧可陰而小雨，卻能保住百花，不致一一飄落。

四十、風止

收盡狂飇捲盡雲，一竿晴日曉光新。
柳魂花魄都無恙，依舊商量作好春。（同上）

此詩爲上詩之續。

首句直詠風止之象。

二句寫晴和之狀。

三句花柳無恙矣。

四句大家共創好春天。

大風止，萬象吉。

四十一、雪中苦寒戲嘲二絕

冥淩分職大間關，辛苦行冬強作難。
費盡無邊風與雪，劣能供得一番寒。（卷 24，頁 344）

首句謂大間關有雪。

次句謂職守如此，冬則有雪。

三句增一風字。「費盡」有力。

四句供寒，以「劣」貶之。

全詩一氣呵成。

四十二、枕上聞蒲餅焦

曉寒燕雀驚春陰，珍重清簧度好音。

窗色熹微欹枕聽，夢成舟檥竹溪深。（卷25，頁355）

首句七字安排得自然又巧妙，由「曉寒」始，主角「燕雀」安坐中央，動詞「驚」連綴「春陰」：春陰與曉寒互應。

次句純寫燕雀之歌聲。

三句欹枕聽美好鳥音。

四句寫夢中竹溪深，群舟集。

全詩未及蒲餅，疑有錯誤。是張冠李戴乎？

四十三、殊不惡齋秋晚閒吟五絕

好風入簾圖畫響，斜照穿隙網絲明。

檐間雙雀有時鬥，壁下一蛩終日鳴。（同上）

上詩寫春晨，此詩詠秋夕。

首句好風（加風聲）、簾、圖畫一以貫之。

次句詠斜陽及蛛網。

三句詠雙雀鬥嘴。

四句寫一蛩孤鳴。

四句共四景三聲。

四十四、枕上有感

窗明似月曉光新，被煖如薰睡息勻。

街雨販夫牆外過，故應嗤我是何人！（卷25，頁358）

首句詠曙光似月光。

次句詠睡在床上煖和。

三句一轉：牆外有雨有販夫。

四句販夫嗤我－只知賴床享受，不知早起工作。切題之「有感」。

四十五、自晨至午，起居飲食皆以牆外人物之聲爲節，戲書四絕

巷南敲板報殘根，街北彈絲行誦經。
已被兩人夢驚斷，誰家風鴿門鳴鈴？（卷 27，頁 377）

首句寫打更人打更。

次句詠和尚唸經。

三句上承前二，謂已被更聲經聲驚醒。

四句再添一種聲音：鴿子搖晃門鈴聲。

四十六、同題之二

菜市喧時窗透明，餅師叫後藥煎成。
閒居日出都無事，惟有開門掃地聲。（同上）

此詩與上詩結構相同，一、二、四句寫牆外牆內的晨聲，三句自抒。

首句寫遠處菜市場喧鬧聲，配以晨光。

二句寫較近處餅販叫賣聲，配以家中煎藥的聲音氣味。

三句自述，日出應首句窗透明。

四句詠僕人開門掃地。

全是家居風味。

四十七、同題之三

北砦教回撾鼓遠，東禪飯熟打鐘頻。
小童三喚先生起，日滿東窗煖似春。（同上）

首句詠營壘敲鼓聲。

次句詠禪寺打鐘聲。二者平行，一入世一出世。

三句小童多事。

四句詠日暖。此時疑當爲秋冬之際。

又是三聲三景。

四十八、同題之四

起傍東窗手把書，華顛種種不禁梳。
朝餐欲到頭巾裹，已有重來晚市魚。(同上)

首句詠晨讀。

次句謂花髮禁不起梳理，蓋已稀少甚。

三句裹頭巾以迎早餐。

四句寫早餐內容－晚市魚。

眞眞實實的生活詩。

四十九、晚思

蘚牆莎砌響幽虫，睡起繙書覺夢中。
殘暑一窗風不動，秋陽入竹碎青紅。(卷 29，頁 399)

首句寫家居生涯，蘚苔、莎草、土牆、石階，加蛩鳴。

二句自抒：睡醒翻書，恍如仍在夢中。

三句寫天候。

四句寫秋陽，「碎青紅」入神。

五十、壽櫟堂枕上

禪床初著小山屏，夜久秋涼枕席清。
繞鬢飛蚊妨好夢，卧聽簷雨入池聲。(卷 29，頁 399)

首句詠床前有畫著小山的屏風。

二句詠秋涼。

三句寫飛蚊擾眠。

四句卧聽雨聲。

以二句綰合其他三句。

五十一、睡覺

尋思斷夢半瞢騰，漸見天窗紙瓦明。
宿鳥噪羣穿竹去，縣前猶自打殘更。（卷 29，頁 408）

首句詠初醒追憶斷夢，朦朦朧朧。
次句寫曙光透入天窗，屋瓦、窗紙俱見光亮。
三句「噪群」二字倒裝，寫宿鳥生動。
四句謂縣衙前打更人正打五更。

五十二、自嘲二絕

終日嘵嘵漫說空，觸來依舊與爭鋒；
登時覺悟忙收拾，已是闍黎飯後鐘。（卷 30，頁 43）

首句自嘲言語不休，說空談道。
次句謂與人接觸時仍不免爭執。
三句有悟。
四句忽聞和尚飯後之鐘，更覺慚愧。

五十三、放下菴即事三絕

無風香篆吐長絲，書架凝塵不下帷。
鳥雀聲和晴日暖，午窗捫蝨坐多時。（卷 31，頁 424）

首句寫室內爐烟裊裊。
次句詠書架上多灰塵，似久疏整理。
三句詠鳥雀詠太陽。
四句捫蝨用王猛、王安石典，聊示悠閒，未必眞有其事也。
此詩正面吟詠身居「放下菴」高隱之悠閒自得。

五十四、同題之二

病後天魔不戰降，夢中千頃白鷗江。
心空境寂聲塵盡，卻愛秋蠅撲紙窗。（卷 31，頁 424）

首句謂疾病早痛。

次句詠病後洋洋灑灑之夢。「千頃白鷗江」，何等氣魄！

三句大徹大悟，心如止水。

四句詠愛及萬物。

五十五、同題之三

閉門幽僻斷經過，靜極兼無雀可羅。

林下故人知幾箇，就中老子得閒多。(同上)

首句寫閉門謝客。

二句反用「門可羅雀」一典：連鳥雀也極罕見。

三句波及林下故人以自比。

四句自稱「老子」，猶陸游、辛棄疾之「乃公」、「乃翁」，自得自放。

五十六、牆外賣藥者九年無一日不過，吟唱之聲甚適。雪中呼問之，家有十口，一日不出，即飢寒矣。

十日啼號責望深，寧容安穩坐氈針？

長鳴大咤欺風寒，不是甘心是苦心！（卷 33，頁 440）

首句「十日」疑當作「十口」，「十日」亦可通。謂家人指望他養家活口。

二句謂不能一日歇息。

三句描寫他叫賣之姿，「欺風寒」，表面上何等氣概！

四句說出眞心話：此人謀生何等辛苦！

以上五十六首生活詩，包羅萬象，有以下五個特點：

一、以家居生活爲主。

二、兼及其他人、物。

三、小大兼收。

四、白描、用喻、襯比兼用，甚少用典。

五、多爲中品、中上品之作。

陸、友誼人物

一、戲贈少梁

屈膝銅鋪盡掩關，薰爐誰伴夕香寒？
秋來合有相思字，會待風前片葉看。（卷一，頁 12）

首句寫少梁隱居之狀。

次句寫其孤獨。

三句謂秋來應有信函。

四句謂配合同前秋景作書或吟詩。

二、次韻漢卿舅即事二絕

風捲南枝一夜休，孤芳寧肯爲人留？
淡粧素服眞成夢，落月橫參各自愁。（卷三，頁 26）

首句寫夏秋間景。

次句補足之。

三句憶昔日情景。

四句對星月而抒相思之愁。

三、同題之二

萬木垂垂欲改柯，根萌焦渴奈春何！
晚來礎汗南風壯，會有溪雲載雨過。（同上）

首句詠葉落。

次句詠樹木枯焦之狀。

三句風強礎汗，將有大雨之兆。

四句足成此意。

以天候之變寓思念之意。

四、送端言

東君留戀一分春，蜂蝶闌珊燕子新。
桃李無情空綠徑，市橋楊柳送行人。（卷五，頁 59）

首句謂東風留春。

二句寫蜂蝶、燕諸動物並加比較。

三句寫桃李，無情者，恣意自放，不顧他人他物；「空綠徑」倒裝。

四句點題，在此春色中送友。

五、慶充自黃山歸，索其道中詩，書一絕問之

鳴騶如電馬如雷，知是婆娑醉尉回。
常日錦囊猶有句，況從三十六峯來。（卷六，頁 67）

首句寫慶充行程之速，運用二喻，氣勢不凡。

次句寫慶充之瀟灑風貌。

三句謂他往常多詩。

四句說此次由黃山勝地來，必有豐富的詩作，正切題意。

六、從宗偉乞冬筍山藥

竹塢撥沙犀頂銳，藥畦黏土玉肌豐。
裹芽束縕能分似，政及萊蕪甑釜空。（卷六，頁 71）

首句詠冬筍。

次句山藥。

三句謂二物似可分贈友人。

四句謂恰好我欠缺美食。

全詩切題而抒，惟稍欠詩意。

七、程助教遠餞求詩

殘山剩水帶離亭，送客煩君遠作程。
直欲明年擊吳榜，白沙翠竹是柴荊。（卷八，頁94）

首句寫即景。

次句寫即情。

三句謂明年會再相會。

四句謂家居村野，怡然自得。

全詩未寫及「求詩」，莫非此詩即應乞而作。

八、明日子春折贈，次韻謝之

海上三山冠綵霞，六時高會雨天花。
步虛聲裏隨風下，吹得尋常百姓家。（卷八，頁101）

首句詠桃花之美。

次句更神化之。

三句詠桃花飄下，或喻「折贈」。

四句花來我家。

以贈花抒友誼。

九、次韻劉韶美大風雨壞門屋

雲烟揮翰墨池翻，緗縹如山晝掩關。
已許久了收散落，只愁雷電費牆藩。（卷八，頁103）

首句謂韶美善書。

次句緗縹指書卷，大風雨時閉門讀書。

三句假擬老天已派六丁神運移風雨。

四句只怕雷電又來攪和。

十、次韻樂先生吳中見寄八首

金鶴飛來尺素通，新詩字字挾光風。
三年湖海關心處，都在先生句子中。（卷九，頁 116）

首句詠二人魚雁相通。
二句頌讚其詩。
三句謂三年相思之情。
四句續之：都入詩中。
友誼即詩，詩即友誼。

十一、同題之二

官居風巷果園東，桃李成蹊杏壓枝。
如許年芳忙裏過，斬新今日試題詩。（卷九，頁 117）

首句詠樂先生之官衙。
次句以三春花輔之。
三句如此好春，先生偏忙。
四句詠新詩以慰相思。

十二、同題之三

墓林棲鳥各深枝，燕子知巢觸幔飛。
倘有三椽今已去，不關五斗解忘歸。（同上）

首句詠林鳥。
次句詠燕子。以上皆想像樂先生居所情況。
三句謂已居無定所。
四句謂非爲五斗米眷戀。

十三、同題之七

幾多螻蟻已王侯，往古來今共一丘。
遮莫功名掀宇宙，百年兩角寧蝸牛。（卷九，頁 117）

首句謂王侯與螻蟻等觀。

次句繼之，百年後人與萬物皆入墓中。

三句謂功名雖大。

四句說死後不過等同蝸角。以此互慰。

十四、高景菴讀舊題有感

莓苔風雨舊詩留，十七年前鬢未秋。
巖桂拂雲篁竹拱，樹猶如此一搔頭。（卷十，頁 129）

首句詠景菴壁上舊題之詩，切題。「莓苔風雨」四字夠力。

二句說明時序－當時二人尚未老去。

三句以桂、竹相襯。

四句用桓溫典：「樹猶如此，人何以堪！」謂吾人眞老矣，搔首表無可奈何之態。

十五、次韻孫長文泊姑蘇館

讀書窗下一燈殘，忽有詩來爲煖寒。
聞道扁舟春共載，雪雲雖冷不相干。（卷十，頁 131）

首句述己夜讀。

次句詠長文詩來，送來一股煖意。

三句想像姑蘇之遊。

四句因豪放不羈，外界冷暖毫不關心。

十六、長文再作，復次韻

渚蒲汀蓼得霜殘，歸客思家不計寒。
喜鵲門前人一笑，絕勝風色候長干。（同上）

首句寫秋冬之景。

二句謂長文有歸鄉之計。

三句謂我門前喜鵲一笑，是吉兆。

四句謂此處風景勝長干，請早歸來。

十七、次韻徐子禮提舉鶯花亭

灘長石出水鳴隄，城郭西頭舊小溪。
游子斷魂招不得，秋來春草更萋萋。（卷十，頁 132）

首句寫背景風物。
次句繼之。
三句謂遊子（指子禮）招之不得，少留即去。
四句以秋日之春草寫惆悵之情。

十八、次韻馬少伊、郁舜舉寄示同游石湖詩卷七首

蕪城老蘚不知春，忽有柴門月色新。
芝草琅玕無鎖鑰，自無超俗扣門人。（卷 11，頁 133）

首句寫春來，故意曲折。
二句寫月色，仍示春色。
三句謂小園好景，並不鎖閉。
四句因未鎖閉，高人不用扣門。非眞無雅人至此也。

十九、次韻徐廷獻機宜送自釀石室酒三首

元亮折腰嬉已久，故山應有欲蕪田。
因君辦作送酒客，憶我北窗清晝眠。（卷 11，頁 235）

首句以淵明比廷獻：謂爲酒做官之事早已過去。
二句謂故山有田，宜早歸耕。
三句切題：送酒。
四句令我憶舊。

二十、孟嶠之家姬乞題扇二首（輕雲，翠英）

輕烟小雨釀芳春，草色連天綠似裙。
斜日滿樓人獨望，斷鴻飛入萬重雲。（卷 11，頁 142）

這兩首詩是嵌名詩，將二姬芳名嵌在句首句尾，卻不失自然之致。

首句寫景輕俏。

次句由景及人。

三句詠斜陽，又及于人。

四句以斷鴻萬雲收結，頗爲瀟灑。

二十一、同題之二

翠袖凌寒弄月明，梅花影下醉三更。

一天風露誰驚覺，寂寞空杯綴落英。（同上）

首句翠袖，猶前首之裙，同樣展現女主角。

次句又以風景襯人醉。

月也、梅也，皆可視作翠英之化身。

三句似抑實揚。

四句寫寂寞，且與二句相應。

二十二、清音堂與趙德莊太常小飲，在餘干琵琶洲旁，洲以形似得名

曲浦彎環繞縣青，一盃閒客兩飄零。

琵琶不語蒼烟暮，山水清音著意聽。（卷 13，頁 161）

首句描寫琵琶洲。

二句互慨身世飄零。

三句寫出氣氛來。

四句欣賞山水清音，更勝琵琶聲。

三景一情。

二十三、去年過弋陽訪趙怡道通判，話西湖舊遊，因題小詩，近忽刻石，寄來謾錄

紅塵寶馬碧湖船，一夢如今費十年。

卻照清溪尋綠鬢，但餘衰雪兩蕭然。（卷 14，頁 175）

首句詠舊遊，紅塵是裝綴趣味，非全無意思，但主要是襯托碧湖船。

二句直述，夢字作喻。

三句寫今日情況：照湖水，重覓青年時之黑鬢。

四句詠所見：如雪之鬢，兩人皆老矣。

四句一揚一抑，頓挫有致。

二十四、碧虛席上得趙養民運使寄詩，約今晚可歸，次韻迓之

偶攜尊酒上孱顏，忽憶行人瘴霧間。
便好來分蒼石坐，已教不鎖翠雲關。（卷 14，頁 185）

首句破題：「上孱顏」出色。

二句憶養民，以瘴霧反襯二人之友誼。

三句謂已有約定，將分石而坐。

四句仍說虛位以待之意。

二十五、次韻趙養民碧虛坐上

已將山色染眉黛，更挽江波添酒罍。
珍重江山勸人醉，笑人驅馬惺惺迴。（卷 14，頁 186）

此詩爲前詩之姊妹作。

首句謂山人合一。

二句謂江人合一。

三句綰合前二句。江與山俱擬人化。

四句謂看人驅馬回家，或寓歸隱之思。

二十六、清湘驛送王柳州南歸二絕

南歸北去路茫茫，不是行人也斷腸。
可惜湘江清夜月，落花時節照離觴。（卷 15，頁 193）

首句切題送客。

二句謂己亦傷心。

三句用江用月爲輔。

四句切題說離筵。

二十七、同題之二

我已兼程無腳力，君猶追路有襟期。
從今月下共花下，誰復醉吟先和詩？（同上）

首句自謙，有頹然之意。

二句譽王柳洲猶興致勃勃。

三句謂月下花前好時光。

四句說何日相聚再醉吟同樂。

二十八、深溪鋪中二絕，追路寄呈元將、仲顯二使君

賀州歸去柳州還，分路千山與萬山。
把酒故人都別盡，今朝眞箇出陽關。（卷 15，頁 194）

首句寫二友行程。

二句夸飾助興。

三句惆悵。

四句切題。用王維「西出陽關無故人」典，非眞出關也。

二十九、四明人董嶧久居嶧市，乞詩

祝融峯下兩逢春，雨宿風餐老病身。
莫笑五湖萍梗客，海邊亦有未歸人。（卷 15，頁 200）

首句詠二人兩度相會於衡山下，岳陽市在衡山北。

二句自抒。

三句勸董嶧莫笑流浪者。

四句謂自己也是未歸鄉之人。大有「同是天涯淪落人」之概。

三十、次韻陸務觀慈姥巖酌別二首之一

送我彌旨未忍回，可憐蕭索把離杯。
不辭更宿中巖下，投老餘年豈再來！（卷 18，頁 253）

慈姥巖，在四川青神縣東五里。
中巖、上巖在青神縣東北五里，中巖去上巖五里許。
首句具見二人友誼之篤。
二句復寫離別之苦。
三句夜宿中巖，依依不捨。
四句懷疑何日能再相會。
句句說別離。

三十一、同題之二

明朝眞是送行人，從此關山隔故情。
道義不磨雙鯉在，蜀江流水貫吳城。（同上）

首句切題，故意說明天才別。
二句從此關山遠隔，欲見也難。
三句說二人情誼，又謂此後可以魚雁相通。
四句謂二人一在蜀，一在吳，然未嘗不可相貫也。

三十二、次韻陸務觀編修新津遇雨，不得登修覺山，經過眉州三絕

送客多情難語離，僕夫無情車載脂。
平生飄泊知何限，少似新津風雨時。（卷 18，頁 252）

首句寫送客之不捨，切題。
次句詠僕夫急於開車。
三句詠生平飄泊以取勢。
四句切題，詠自己對陸游的特殊關懷。

三十三、同題之二

離合紛紛怕遠遊，遠遊仍怕賦〈登樓〉。
何須一望三千里，望盡西州轉更愁。（卷 18，頁 252）

首句實說別情。
次句用王粲〈登樓賦〉以助興。
三句謂不必遠眺。
四句說望陸游所在之西州，即愁情滿腹。

三十四、同題之三

雨後蟇頤山色開，玻璃江清已可杯。
綠荷紅芰香四合，又入芙蓉城裏來。（同上）

按蟇頤山在眉州城東七里，玻璃江在山下，即岷江。
首句想像此時陸游所在地之風景。
二句謂岷江水清已可飲。
三句詠芰荷。
四句謂如入仙境。

三十五、發合江數里，寄楊商卿諸公

臨分滿意說離愁，草草無言只淚流。
船尾竹林遮縣市，故人猶自立沙頭！（卷 19，頁 367）

首句說離愁，滿意者，滿心也。
二句草草，匆匆也，喻心情之不佳。
三句寫景。
四句詠楊氏諸人送別情意之摯切。

三十六、寄蜀州楊道人

老來萬事總蕭然，猶憶西州暑雪邊。
爲報岷峨山水道，如今眞箇得歸田。（卷 20，頁 280）

首句實抒，眞切。

二句憶蜀州舊景：夏天山上仍有積雪。

三句謂自己爲了報答四川的好山好水。

四句續之，眞願從此歸隱於山水之間。

三十七、送同年萬元亨知階州

昔我曾頌萬里春，憐君飛棹也浮秦。
當年千佛名經裏，又見西遊第二人。（卷20，頁280）

首句謂我曾遠遊。

二句謂元亨赴甘（階州在甘肅省武都縣東）爲官。

三句謂元亨信佛。

四句謂其此次西遊有如求經之唐僧。

三十八、同題之二

路入南山舊漢畿，油油清渭照牙旗。
古來百戰功名地，正是雞鳴起舞時。（卷20，頁381）

首句繼前首寫元亨赴任之行程。

二句續之，油油有味。

三句懷古望今。

四句用祖逖、劉琨典，勉勵元亨此去爲國建功。

全詩情意殷切。

三十九、次韻汪仲嘉尚書喜雨

雨雲渾似雪雲同，天意人心本自通。
吏役驅驅騎馬滑，何如欹枕閉門中？（卷21，頁301）

首句謂雨大。

次句謂天應人心，蓋此時正需春雨潤田。

三句寫吏役雨中騎馬奔走辛苦。

四句自抒。

四十、同題之二

老身家苦不須憂，未有毫分慰此州。
但得田間無歎息，何須地上見錢流？（同上）

首句自抒安貧之忱。

二句遺憾於公未有貢獻。

三句切題喜春雨。

四句呼應首句，但不免落俗。

二人友誼盡在不言中。

四十一、楊少監寄西征近詩來，因賦二絕爲謝。詩卷第一首乃石湖作別時唱和也

柴門重客醉中歸，尚憶揮毫索紙時。
何物與儂供不朽，《西征》卷首石湖詩。（卷 21，頁 305）

首句寫少監醉歸。少監即楊萬里。

次句詠相與吟詩之事。

三句談不朽。

四句譽其《西征》詩。

四句首尾井然有序。

四十二、寄題鹿伯可見一堂

夢覺春闈俱轉蓬，仙凡今隔玉霄東。
聊攀鐵鎖問何似，豈敢避堂邀蓋公。（卷 21，頁 308）

首句謂二人曾同入春闈，今各似轉蓬，天各一邊。

二句續足其意。

三句攀可見堂相問。

四句謙稱不敢相邀。

四十三、同題之二

生來於君一歲長，決去愧我三年遲。
今世誰不落第二，著鞭尚續堂中詩。(同上)

首句比二人年齡。

次句愧晚退三年。

三句自謙不如人。

四句謂隨鹿伯驥尾吟詩。

四十四、送舉老歸廬山

二千里往回似夢，四十年今昔如浮。
去矣莫久留桑下，歸歟來共煨芋頭。(卷 22，頁 313)

首句謂兩人曾相距二千里。或謂廬山遠在二千里外。

二句謂二人相交四十年。

三句勸早歸。

四句擬未來重續舊誼。

四十五、次韻曾仲躬侍郎同登伏龜二絕

帶東江淮翠岫圍，掌窺台殿碧鱗差。
劉郎句裏登臨眼，壓倒三江二水詩。(卷 22，頁 319)

曾逮，字仲躬，幾季子，終敷文閣待制，有《習庵集》。伏龜樓在建康府城上東南隅。

首句詠伏龜樓四週有山有水。

二句寫其台殿。

三句以劉禹錫比曾逮。

四句譽其佳詩。

二句「碧鱗」切「伏龜」。

四十六、喜周妹自四明到

團圓話裏老龐衰，一妹仍從海浦來。
孤苦尚餘兄弟樂，如今雖病也眉開。（卷 23，頁 328）

首句自比老龐，已經衰老，但得妹團圓話舊。
次句明說妹從四明返來。
三句謂兄妹相聚甚樂。
四句似抑實揚：病中歡喜。

四十七、送劉唐卿戶曹擢第西歸六首之一

摩挲漢柱愴分襟，邂逅吳船喜盍簪。
別久十年知幾夢？情親萬里只初心。（卷 24，頁 336）

首句謂分別之苦。
次句詠相逢之喜。
三句十年相別，夢魅連連。
四句謂如今親情，猶如當年初識時。

四十八、同題之四

中年親友惜分離，況我身兼老病衰。
餘景庶幾猶及見，登瀛召客過門時。（同上）

首句直抒。
次句自抒身體情況。
三句謂對方自有遠景。
四句指他未來升官召客時。

四十九、同題之五

我識岷峨最上頭，當年腳力與雲浮。
兩山父老如相問，一席三椽正臥遊。（同上）

首句憶舊：曾登岷、峨二山。

二句直談當年登山之勇健。

三句對唐卿叮嚀。

四句自述現在已老，只能在家中卧遊憶昔矣。

五十、同題之六

四海西州故舊多，煩君問訊各如何。
心期本自無南北，萬里天波一月波。（末句戲用蜀語，以見久要不忘之意。）（同上）

首句謂自己居蜀多年，在彼多友。

次句叮嚀唐卿代爲問候。

三句謂心之所在，不分南北。

四句謂我與諸君猶共一天一月。

五十一、贈臨江簡壽玉二首。簡攜王仲簡使君書來謁，並示孔毅甫夢蟾圖，今廟堂五府皆有題字

蕭灘遠客扣田廬，貽我讀書樓上書。
千里故情元共月，錯云多病故人疏。（卷 24，頁 340）

首句謂遠客來宅。

二句貽我書信。

三句故情難忘。

四句云：豈因多病而疏故人；反用杜甫詩典。

五十二、書懷二絕，再送文季高，兼呈新帥閻才元侍郎

西出陽關有舊知，薰風涤水泛蓮時。
煩君傳與詩書帥，更寄台城別後詞。（卷 25，頁 354）

閻蒼舒，字才元。

首句慰送文季高。

次句寫景，示知乃夏秋之交。

三句叮嚀託付。

四句請才元帥寄新詩來。

一詩貫穿三人友誼。

五十三、再贈壽老

澹齋寂寞澹菴空，玉柱金庭一夢中。
我病君衰猶見在，莫嫌俱作白頭翁。（頃與澹齋兄遊洞庭、林屋，並澹菴、現老、眉菴、壽老偕，今十年矣。壽老見過話舊事，二澹已爲古人。）（卷26，頁361）

首句謂二澹已仙逝。

二句謂功名富貴俱是空。

三句倖我倆雖衰病而人猶在。

四句謂當感慶幸，不必嫌老。

五十四、雪中聞牆外鬻魚菜者，求售之聲甚苦，有感三絕之三

啼號升斗抵千金，凍雀飢鴉共一音。
勞汝以生令至此，悠悠大塊亦何心？（卷26，頁361）

首句謂叫賣之聲，令人覺得有千金之值。

二句將叫賣者與凍雀飢鴉等視，大發悲憫之心。

三句怨造物不平。

四句怨天地。

五十五、詠河市歌者

豈是從容唱渭城，箇中當有不平鳴。
可憐日晏忽飢面，強作春深求友聲！（同上）

首句謂歌者所歌，似非別離曲。

二句謂乃淒苦之音。

三句說他忍飢而歌。

四句謂強作求友聲，其實其境況甚苦。

四句全抑。

五十六、雪中送炭與龔養正（立春前五日）

誰與幽人煖直身，筠籠衝雪送烏星。
煩君笑領婆歡喜，探借新年五日春。（卷 27，頁 381）

首句破題，譽龔爲幽人－高人。

二句亦切題實寫。

三句請君笑納勿嫌。

四句說出時序。

贈物之詩，宜乎不亢不卑，此一範例。

五十七、送壽老往雲間行化

天平船子過華亭，舍衛城中次第行。
留取鉢盂歸院洗，東巖新出一泉清。（卷 28，頁 383）

首句詠其行程。

二句詠其行化。

三句擬設之辭。

四句神來之筆。

五十八、送遂寧何道士自潭湘歸蜀

塵埃波浪幾東西，歸去丹瓢挂林藜。
戊己爐中眞造化，功成分我一刀圭。（卷 28，頁 388）

首句詠其一路風塵僕僕。

次句寫道士的行頭。

三句詠煉丹。

四句欲分享，以示友誼。

五十九、同題之二

書劍飄零席未溫，火雲撲地暑烟昏。
山黃水濁湖南路，竹月荷風憶范村。（同上）

首句詠行旅之疲。

二句詠夏日天氣。

三句詠行程。

四句憶二人舊誼。范村，石湖居處地。

六十、書樊子南遊西山二記後

仙山草木鎖青雲，不到花平不離塵。
十丈牡丹如錦蓋，人間姚魏卻爭春。（卷 28，頁 389）

首句讚西山美景。

二句續詠之。

三句詠碩大牡丹。

四句謂此牡丹足以與姚魏爭勝。

三人友誼盡在不言中。

六十一、題天平壽老方丈

二十三年再入山，此山於我有前緣，
時人不用憐衰病，天與丹房一線泉。（壽老近於半山石壁之中，得泉眼如筯，清泉如一線，涓涓而出，大旱不增減，欲爲余作小菴於泉旁，以煉丹云。）（卷 28，頁 390）

首句說明自己重來此山。

二句說緣。

三句自抒。

四句謂在此泉邊將得丹房以煉丹，欣喜之情如見。

六十二、送蘇秀才歸承嘉

再入庭闈再入山，偷閒百日了金丹。
他年拔宅上升後，休道使親忘我難。（卷 28，頁 391）

首句謂蘇考完科舉復返鄉。

二句謂回去練丹。

三句謂他年得道飛昇。

四句曲說屆時莫忘老友。

六十三、同題之二

大道凝神術養形，形神俱煉始功成。
勸君觀妙還觀徼，先作頑仙地上行。（同上）

首句說道教之術。

二句繼之。

三句以老子語勉之。

四句勸他按部就班，先成地仙。

四句或有些微揶揄之意。

六十四、送許耀卿監丞同年赴靜江倅四絕

南國春深鴈欲回，湘江花浪一帆開。
知君不爲驂鸞去，直爲淵明五年來。（卷 28，頁 397）

首句寫時地。

次句續寫地理背景。

三句謂耀卿不爲功名利祿而去。

四句說他是爲了生計而赴任，但以淵明比之，具見對他的敬意。

六十五、次韻袁起巖常熟道中三絕句

小雨蕭寒破晚晴，疎疎密密滴簷聲。
烏鴉盤舞黃雲亂，早與商量雪意生。（卷 29，頁 404）

首句寫小雨破晴。

次句寫雨聲。

三句詠烏鴉黃雲，自然成當句對。

四句似預言將下雪。

全詩完全寫景，但二人友誼自在其中，如「早與商量」即是。

六十六、寄題西湖并送淨慈顯老三絕

南北高峯舊往還，芒鞋踏徧兩山間。
近來卻被官身累，三過西湖不見山。（卷 31，頁 434）

首句兼寫淨慈顯老與西湖之景。

二句繼之。

三句自抒。

四句不見山者，無心賞玩美景也。以此致意老友，不免愧疚。

六十七、同題之二

膏肓泉石痼烟霞，半世遊山不著家。
老入蒲團三昧定，坐看穿膝長蘆芽。（同上）

首句謂一生酷嗜泉石烟霞，此二人之共同愛好。

二句增益之。

三句謂顯老老來修禪。

四句聊示禪機。

六十八、淨慈顯老爲衆行化，且示近所寫眞，戲題五絕，就作畫贊。

孤雲野鶴本無求，剛被差充粥飯頭。
擔負一篷牙齒債，鐘鳴鼓響幾時休？（卷 31，頁 425）

首句以野鶴孤雲譬顯老。

次句謂他爲眾行化。

三句續二句之意。

四句謂修道行化無已時。

六十九、喜收知舊書，復畏答，書二絕

故人寥落似晨星，珍重書來問死生。
筆意不如當日健，鬢邊應也雪千莖。（卷 31，頁 428）

首句慨故舊零落，晨星之喻甚切。

二句謂汝來函問我身體健康，甚可珍貴。

三句嘆對方筆力不如既往。

四句料想對方之老態龍鍾。

七十、同題之二

強裁尺素答相思，兩目眵昏腕力疲。
牽率老夫令至此，門前猶說報書遲。（同上）

首句勉強寫回信，「強裁尺素」有味。

二句自抒其衰。

三句繼二句。

四句謂猶有人嫌我答書太慢。寫盡無奈之情。

七十一、大雪送炭與芥隱

無因同撥地爐火，想見柴荊晚不開。
不是雪中須送炭，聊裝風景要詩來。（卷 33，頁 440）

首句謂二人無法相聚過冬。

二句想見對方獨居無侶。

三句謙稱並非故行雪中送炭之舉。

四句謂乃藉此吟詩送詩。

七十二、枕上二絕效楊廷秀

藤枕頻移觸畫屏，無憀滋味厭殘更。
寒雞且道貪眠著，窗紙如何不肯明。（卷 33，頁 443）

首句寫睡態。

二句詠無聊，夜長不天明。

三句謂寒雞貪眠不叫。

四句怨窗外不見曙光。

此詩效好友楊萬里作，可見其間友誼。

七十三、重送文處厚，因寄蜀父老三首

江上連檣疊鼓行，不爭微利卻爭名。
算來無似君瀟灑，來往空船載月明。（卷33，頁444）

首句寫江上船。

二句謂人間皆爭名競利之徒。

三句一轉，謂唯文君灑脫。

四句說他來往乘船，只爲欣賞月色。

以上七十三首，多爲詠友人情誼，亦有詠述小人物如叫賣者等。有四個特色：

一、情感豐富。

二、神態灑脫。

三、時用喻，少用典。

四、多爲中品、中上品之作。

柒、旅遊

一、金陵道中

山晚黃羊隨日下，天寒白犢弄風歸。
愁埃百轉西州路，笑憶沙湖一棹飛。（卷二，頁 13）

首句「山晚」、次句「天寒」爲互文，二句寫途中所見黃羊、白犢，又配以風日。

三句西州爲昔揚州刺史治所，今江蘇省江寧縣西。三句之「愁埃」爲濃縮名詞：心中懷愁，身外揚埃。

四句惜昔遊。

二、曉行（官塘驛）

篝燈驛吏喚人行，寥落星河向五更。
馬上誰驚千里夢，石頭岡下小車聲。（同上）

首句寫清曉起程趕路。

二句寫當時天象。

三句千里夢入神，「誰」者我也。

四句石子岡在江寧縣南十五里。「小車聲」上應千里夢。

三、秦淮

不將行李試間關，誰信江湖道路難。
腸斷秦淮三百曲，船頭終日見方山。（同上）

秦始皇所開，故曰秦淮，在江寧府上元縣治東南三里。

方山，在應天府東南四十五里，形如方印，一名天印山。秦鑿金陵山，疏濬淮水，此其斷處也。

首二句謂人若不親自啓程，不知道旅遊道途之艱難。

三句落實下來，秦淮河曲折變化，有如迴腸欲斷。三百夸飾也。

四句實寫其景。因三百曲，故終日能見方山也。

四、宿東寺二首

淡天如水霧如塵，殘雪和霜凍瓦鱗。
織女無言千古恨，素娥有意十分春。（卷三，頁 32）

首二句巧喻，舉重若輕。

次句實寫，「鱗」爲借喻。

三句寫星象，增情意。

四句寫月亮，添光彩。

五、同題之二

一聲黃鵠夜深歸，棲雀驚鳴觸殿扉。
北斗半垂樓閣外，風幡渾欲上雲飛。（同上）

首句詠黃鵠，補上首聲音之闕如。

次句詠棲雀以配襯之。

三句詠星，對應上首之織女。

四句詠旗，飄飄然欲仙。

六、上沙遇雨快涼

刮地風來健葛衣，一涼便覺暑光低。
雲頭龍挂如垂筯，雨在中峰白塔西。（卷四，頁 50）

首句寫大風，「健」字有力。

二句因風而涼而去暑。

三句幻寫龍形，如垂直之筷。

四句專寫雨勢，中峯、白塔，意象如畫。

七、自天平嶺過高景菴

卓筆峯前樹作團，天平嶺上石成關。
綠陰匝地無人過，落日秋蟬滿四山。（同上）

首句詠樹，「作團」鮮新。

次句詠石關。

三句詠綠蔭，加綴無人添味。

四句落日、秋蟬、四山，遠中近景俱全，形聲兼有。

八、白雲嶺

路入千峯一線通，陸離長劍立天風。
五年領客題詩處，正在孤雲亂石中。（同上）

首句詠白雲嶺之山勢，一線通，一小徑也。

次句謂山峯如長劍。「立天風」見氣派。

三句憶舊。

四句順勢寫照孤零亂石。亂石不奇，奇在孤雲，與「一線」、「長劍」、「天風」隱約相呼應。

九、偃月泉

松風竹露午猶寒，知有龍蟠一掬慳。
我欲今年來結夏，莫扃岫幌掩雲關。（卷四，頁 51）

首句松、風、竹、露，的是美景，「午猶寒」綰合之。

二句謂此泉有龍，然慳吝不欲賜遊人一掬清泉。

三句謂本欲來此避暑。

四句拜託蟠龍，莫峻拒遊人。

十、題南塘客舍

閒裏方知得此生，癡人身外更經營。

君看坐賈行商輩，誰復從容唱〈渭城〉？（卷五，頁53）

此詩是在旅遊途中見景興慨，完全沒有寫景。

首句詠閒，閒時可得眞我。

二句詠身外之樂，以癡人自許。

三句以商賈相對比。

四句謂彼輩根本不解〈渭城〉詩意、人生情趣。

十一、衮山道中

虎嘯狐鳴苦竹叢，魂驚終日走蒙茸。

松林斷處前山缺，又見南湖數十峯。（卷五，頁54）

首句詠虎詠狐兼詠竹叢。

二句倒裝，「蒙茸」，苦竹叢也。

三句實寫。

四句繼之，結得清越。

十二、元夕泊舟霅川

蓮炬光中月自圓，人情草草競華年。

最憐一夜旗亭鼓，能共鐘聲到客船。（卷五，頁57）

首句詠燈詠月，「自」字精采。

二句小抑。

三句可愛：旗亭之鼓聲。

四句變化張繼詩句，令鐘鼓合一。

十三、牧馬山道中

土橋茅屋兩三家，竹裏鳴泉漱白沙。
春色惱人無畔岸，亂飄風袖拂梅花。（卷五，頁 58）

首句實描。

次句寫竹寫泉寫沙。

三句詠春色無邊，「惱人」者，悅人也。

四句詠風袖拂梅。由竹而梅，春情盎然。

十四、游寧國奉聖寺

松梢臺殿攀高標，山轉溪迴一水朝。
不惜褰裳呼小渡，夜來春漲失浮橋。（同上）

首句詠殿高松密。

二句詠山水。

三句詠小渡－小舟渡溪也。

四句倒敘原因：夜間春潮淹沒了浮橋。

兩幅畫圖合一。

十五、自寧國溪行至宣城，舟人云凡百八十灘

波驚石險夜喧雷，曉泊旗亭笑眼開。
休問行人緣底瘦，適從百八十灘來。（同上）

首句詠波石，喧雷為借喻。

二句寫喜泊舟。蓋自險灘來也。

三句詠行人瘦－憔悴疲勞。

四句切題，畫龍點睛。

十六、淳安（以後十五首，皆檄嚴杭道中。）

篙師叫怒破濤瀧，水石如鐘自擊撞，
欲識人間奇險處，但從歙浦過桐江。（卷七，頁 84）

淳安爲浙江一縣。

首句寫濤猛，篙師怒吼。

二句謂水與石相撞擊，發出鐘聲，是喻又似非喻。

三句標出奇險二字。

四句落實地名。

十七、嚴州（舟人云，自徽至嚴二百灘。）

城府黃塵撲馬鞍，一篙重探水雲寒。
耳邊眼底無公事，睡過嚴州二百灘。(同上)

首句寫岸上光景。

二句寫水行光景。

三句詠無事。

四句詠安睡過險灘。

因爲安睡，便失卻不少精采景致。

十八、桐廬

濕雲垂野淡疎林，十日山行九日陰。
梅子弄黃應要雨，不知客路已泥深。(同上)

首句詠即興：雲濕林疏。

次句詠長陰。

三句要雨，爲梅子說法。

四句似謂前方已有雨，故泥濕而深。

十九、富陽

不到江湖恰五年，歙山青繞屋頂邊。
富春渡口明人眼，落日孤舟浪拍天。(卷七，頁 85)

首句直抒。

次句寫歙山。

三句寫渡口，「明人眼」者，一片亮麗也。

四句孤舟在落日邊，白浪滔天，煞是一幅美景。

二十、餘杭

春晚山花各靜芳，從教紅紫送韶光。

忍冬清馥薔薇釅，薰滿千村萬落香。（卷七，頁 85）

首句詠山花，「各靜芳」精警。

二句「從教」之主語是誰？天乎？造物乎？花送光陰，亦佳思也。

三句詠二花中的。

四句以「萬落香」作結，落落大方。

二十一、昌化（雙溪館，絕景也。）

翠染南山擁縣門，一洲橫截兩溪分。

長官日永無公事，卧聽灘聲看白雲。（同上）

首句南山翠綠，坐擁城門。

次句一洲爲二溪攔分。

三句云身爲此地長官，事少身閒，故特有雅興。

四句享受灘聲和白雲。

石湖之詩，起承轉合，檔次分明，較楊萬里輩變化較少。此一例也。

二十二、羅江

嶺北初程分外貪，驚心猶自怯晴嵐。

如何花木湘江上，也有黃茅似嶺南？（卷 15，頁 191）

羅江，即羅水，在全州西五里，出州西羅氏山，經州南入於湘水。

首句謂嶺北行程甚速。

次句倒裝：謂一路晴嵐，猶自令我驚心動魄。

羅江爲湘水支流，故以湘江代稱之，三句發問。

四句說盡：也有與嶺南相似的植物。

其實嶺南、嶺北，猶如江南、江北，地理雖不盡同，花草則頗有類似者。

二十三、九盤坡布水

莫惜縈迴上九盤，洗心雙瀑雪花寒。
野翁酌水煎茶獻，自古人來到此難。（卷 16，頁 211）

首句寫九盤坡之盤曲陡峭。

二句倒裝：雙瀑如雪花而寒，足以洗濯心胸。

三句當地老翁甚殷勤。

四句謂到此一遊，甚爲不易。寫景之外，亦寫人情。

二十四、四十八盤

詰曲不前如宦拙，欹傾當面似交難。
若將世路比山路，世路更多千萬盤。（同上）

四十八盤在湖北，三峽地界。

首句詠此地之盤曲，有如仕宦之曲折多變化。

次句說有時山勢欹側，迎面而來，使人心驚，有如交友之難。

三句總綰：山路比世情。

四句謂世情更多變，更難應付。

此詩起承允當，轉合透剔。

二十五、鄰山縣

山頂噓雲黑似煙，修篁高柳共昏然。
鳥啼一夜勸歸去，誰道東川無杜鵑？（卷 16，頁 224）

鄰山城在鄰山縣東南五十里，今爲鄰山鎮，距重慶不遠。

首句詠山頂黑雲如烟。

次句修竹高柳，受烏雲而昏暗。

三句忽聞杜鵑「不如歸去」聲。

四句驚悟東川亦有杜鵑。

全詩平實中有賣點。

二十六、望鄉台

千山已盡一峯孤，立馬行人莫疾驅。
從此蜀川平似掌，更無高處望東吳。（卷 16，頁 326）

首句詠川東群山已走盡，只剩一峯。

次句謂行人可緩下步履來。

三句詠西蜀地勢平坦。

四句續之，謂再無高山可以向東方遙望。

名爲望鄉台，其實是最後一座山峯。

二十七、入崇寧界

桑間三宿尚回頭，何況三年濯錦遊。
草草郫筒中酒處，不知身已在彭州。（卷 18，頁 247）

崇寧縣在成都府城西北八十里。

首句謂天下美景可留戀者甚多，即使桑間三宿，亦値得回味。

次句謂何況濯錦美地！三年直對三宿。

三句詠醉酒。

四句悟已入彭州。

旅遊者每有不知不覺之感。

二十八、最高峯望雪山

大面峯頭六月寒，神燈收罷曉雲班。
浮空忽湧三銀闕，云是西天雪嶺山。（卷 18，頁 250）

雪山在威州西南一百里，與乳川白狗嶺相連，山有九峯，上有積雪，春夏不消。威州今爲保縣，屬茂州。

首句大面雙關，一爲峯名，一爲形象。

二句謂日出曉雲收班。

三句一轉：半空湧出三座銀色宮殿。

四句畫龍點睛。

二十九、戲題方響洞（漢嘉廣福院中水洞，有聲琅然，莫知其所在。舊名丁東水，山谷易今名，且題詩云：「古人名此丁東水，自古丁東直至今。我爲改爲方響洞，要知山水有清音。」）

隔凡冰澗不可越，眾眞微步壺中月。
徙倚含風玉珮聲，何須聽作蕤賓鐵。（卷 18，頁 255）

首句以冰澗稱此洞，且以「隔凡」譬之。

二句謂至此似步壺中月。

三句將其水聲比作玉珮聲。

四句稍煞風景。

三十、過燕渡望大峨，有白氣如層樓，拔起叢雲中

圍野千山暑氣昏，大峨烟靄亦繽紛。
玉峯忽起三千丈，應是兜羅世界雲。（卷 18，頁 256）

首句詠多山暑氣。

次句詠烟靄。

三句直詠大峨山，用夸飾法。

四句比之爲神仙世界。

三十一、蘇稽鎭客舍

送客都回我獨前，何人開此竹間軒？
灘聲悲壯夜蟬咽，併入小窗供不眠！（卷 18，頁 256）

蘇稽鎭在嘉州龍游縣西南三十里。

首句點題。

次句續之。以竹間軒形容客舍。

三句詠二聲：一悲壯，一哽咽。

四句合：使我不眠。「供」字得趣。

三十二、大扶掙

身如魚躍上長竿，路似鏡中相對看。

珍重山丁扶我過，人間踽踽獨行難。（卷 18，頁 359）

首句形容其地既高且陡。

二句俯視地面如照鏡子。

三句說明是山丁扶我，始能成行。

四句借題發揮。

三十三、胡孫梯（峽山有胡孫愁，予嘗過之。）

胡孫，猢猻也，蓋謂此處唯猢猻可以攀爬也。

木磴鱗鱗滑帶泥，微生欹側寄枯藜。

胡孫愁處我猶過，箇裏如今幸有梯。（卷 18，頁 259）

首句描寫胡孫梯的形象。

二句謂到此遊者，十分冒險。

三句有自炫之意。

四句說明有梯故可上攀。

三十四、淨光軒（白水寺）

翳華銷盡八窗明，雨竹風泉濱妙聲。

身世只今高幾許？北峯渾共倚闌平。（卷 18，頁 262）

白水寺又名萬年寺，在峨眉山，晉時建。唐僧慧通精修於此。

首句謂此軒八面有窗，甚爲明亮。

二句以竹上雨聲、風中泉聲爲綴。

三句婉言此寺身世。

四句謂北峯可以倚欄而觀。言外之意，似謂此寺可比匹北峯。

三十五、宣化道中

瘦草蕭疎已似秋，盤陀山骨東江流。

兩崖若不頑如鐵，爭得狂瀾拍岸休！（卷 19，頁 265）

宣化廢縣在敍州府西北百八十里。南山叢秀中，一峯突出，爲菩薩頂。

首句謂此時尚爲夏天，因草瘦近枯，故似秋季光景。

二句詠盤陀山及其側之東江。

三句詠兩岸堅，如一喻。

四句詠波濤拍岸，因果井然。

三十六、瀘州南定樓

歸艎東下興悠哉，小住危欄把一杯。

樓下沄沄內江水，明朝同入大江東。（卷 19，頁 266）

南定樓，取〈出師表〉語也，一名海觀，在瀘州州治東，宋郡守晁公武建。

首句寫行程。

次句登樓小飲。

三句寫樓下內江之水。

四句謂此江將注入瀘江。

詠樓只詠江水。

三十七、發合江數里，寄楊商卿諸公

臨分滿意説離愁，草草無言只淚流。

船尾竹林遮縣市，故人猶自立沙頭！（卷 19，頁 267）

首句寫分手之狀。滿意，滿心也。

二句「草草」用來形容無意，迥異常旨，有「匆匆」之意。

三句純寫當前景物。

四句在舟中懷想送別諸君。

三十八、過江津縣熟睡，不暇梢船

西風扶櫓似乘槎，水闊灘沉浪不花。
夢裏竹間喧急雪，覺來船底滾鳴沙。（卷 19，頁 267）

江津縣在重慶府西南百三十里。

首句寫行程，「扶」字出色，似乘槎謂如行天上。

二句寫水濶而無浪花。

三句夢切題，竹間雪如畫。

四句船底鳴沙上應「灘沉」，與竹間雪相對。

三十九、假十二峯（即黃牛峽山，自此直至平喜壩，千峯重複，靡不奇峭。）

巴東三峽數巫陽，山入西陵更鬱蒼。
何以假爲非確論，直疑溟涬弟高唐。（卷 19，頁 273）

黃牛峽在夷陵州西九十里。平喜壩在宜昌府東湖縣西北十五里。

首句謂三峽以巫峽最佳。

二句謂西陵峽鬱鬱蒼蒼，亦自有風致。

三句質疑「假」字之名。

四句疑此爲高唐一夢。

四十、病倦不能過谷簾、三峽，寄題

白龍青峽紫烟爐，山北山南只半塗。
說與同來綠玉杖，他年終補卧遊圖。（卷 19，頁 276）

首句描述谷簾峽風景，用二喻。

二句謂山南山北各有美景。

三句將綠玉杖擬人化，與之談話如知音。

四句謂今番未遊，來日補之－想像中之卧遊也。

四十一、守風嘲舟子

奪命稠灘百戰餘，守風端坐恰乘除。

日長飽飯佳眠覺，閒傍蘆花學釣魚。（卷 19，頁 277）

首句讚舟子與山峽諸灘搏命。

二句詠待風端坐。

三句吃飽睡足。

四句傍蘆釣魚。

此詩是嘲是讚亦是羨慕。

四十二、縹緲峯（西山最高峯。）

滿載清閒一棹孤，長風相送入仙都。

莫愁懷抱無消豁，縹緲峯頭望太湖。（卷 20，頁 283）

首句寫行程兼詠閒情。

二句謂風送舟行，如入仙境。

三句謂不必愁心中煩悶。

四句說峯頂可望泱泱太湖。

四十三、鎮下放船過東山二首

打頭風急鼻雷鼾，醉夢閒心鐵石頑。

惟有愛山貪未厭，西山才了又東山。（卷 20，頁 284）

首句謂船行風急，而旅客自在酣眠。

二句繼之，謂心如頑石，悠閒醉夢間。

三句一轉：愛山之心永不改。

四句証之：玩了東山又遊西山。

四十四、同題之二

老禪竿木各逢場，詩客端來共葦航。
一任顛風聒高浪，滿船歡笑和詩忙。（同上）

首句似謂有禪師在船上。

二句自稱詩客，與之共航。

三句顛風高浪不足畏。

四句在船上歡笑和詩。

四十五、自閶門騎馬入越城

日影穿雲亦未濃，夜來陣雨洗清空。
村前村後東風滿，略數桃花一萬重。（卷 20，頁 286）

閶門，蘇州之西北城門，其地甚繁華。

首句謂晴而多雲。

二句追述夜雨洗塵。

三句詠東風。

四句詠桃花。「一萬重」，夸張甚矣。

四十六、同題之二

斷橋隤岸數家春，雨少晴多減漲痕。
雪白鵝兒綠楊柳，日高猶自掩柴門。（同上）

首句寫橋、岸、村。

次句寫晴天河水不漲。

三句詠鵝詠柳，綠白相映。

四句寫居民春眠不覺曉。

以上兩首寫蘇州春天的詩，平平實實，而江南風光盡在斯矣。

四十七、與現、壽二長老遊壽泉，因話去年林屋之遊，題贈

何年錫杖劚清甘，天遣探源壽此菴。
金鼈萬枝深倒影，爲君題作菊花潭。（卷 20，頁 294）

首句寫出二長老身分。
二句謂與二人同遊。
三句寫萬菊浮動于潭中。
四句以題潭名作結，譬菊亦所以譬二長老。

四十八、同題之二

松風放浪入雲關，二衲相從一士閒。
人與瘦笻俱老健，去年今日在包山。（同上）

首句寫松風與雲。
二句詠二長老與我同遊。
三句持杖同遊，三人俱老健。
四句回憶包山同遊－即題目上所說的「林屋」。
四句有圖窮匕現之憾。

四十九、自橫塘橋過黃山

陣陣輕寒細馬驕，竹林茅店小帘招。
東溪已綠南溪水，東染溪南萬條柳。（卷 20，頁 298）

首句破題，「細馬」別致，加「驕」字更爲妙好。
二句平民生涯。
三句「綠」字由王安石「春風已綠江南岸」來。
四句繼之，氣韻十足。

五十、秀州門外泊舟

拍岸清波撲岸埃，黑頭霜鬢幾徘徊。
禾興門外官楊柳，又見扁舟上堰來。（卷 21，頁 299）

秀州，今浙江嘉興市。

首句用「拍」、「撲」二動詞詠波浪和塵埃。

二句謂由年輕時到年老，多次在此徘徊旅遊。

三句詠楊柳。

四句詠扁舟。

此詩單純寫景。

五十一、臨平道中

烟雨桃花夾岸栽，低低渾欲傍船來。
石湖有此紅千葉，前日春寒總未開。（同上）

首句詠桃花，以烟雨迷濛爲飾。

二句表示自己在船中，而桃花因盛開而低低依傍。

臨平爲湖名，在浙江省杭縣平山東南。三句之石湖應爲范成大故鄉之湖，以此二湖相比，石湖有許多紅葉。

四句謂石湖之桃花未開。

五十二、三江亭觀雪

陰山陽朔雪中迴，行到天西玉作堆。
乘興卻遊東海上，白銀宮闕認蓬萊。（卷 21，頁 307）

三江亭在寧波府城東門。三江，一曰鄞江，在城東北，二甬江，南接奉化江，西接慈溪江，同合於定海之大峽，東入於海。

首句以陰山、陽朔之景比三江亭。

二句謂西邊有積雪之山。

三句謂此亭已近東海。

四句說東海上有白色宮闕，疑似蓬萊仙山。

五十三、將赴建康出城

牒訴繽紛塞寶天，經年癡坐兩三椽。
出門納納乾坤大，依舊青山繞畫船。（卷 21，頁 308）

首句謂公務文書煩忙。

二句續之，謂癡坐從公。

三句出門赴建康，乃見天地之大。

四句以青山代表大自然。

五十四、寺莊

大麥成苞小麥深，秧田水滿綠浮針。
今年一飽全無慮，寬盡歸舟去客心。（同上）

首句詠旅途大麥小麥之豐盈。

二句續之。

三句頌豐年。

四句慰歸心。

是旅遊詩而兼及民生。

五十五、鍾山閣上望雨

天濶山長雨似烟，忽然飛去暗平川。
秔禾未實秈禾瘦，不用廉纖便霈然。（卷 22，頁 311）

此指江寧府之鍾山，即蔣山，在城北十五里，淳熙八年四月十三日，范成大知府事。

首句寫天寫山寫雨，用一常喻。

二句續寫雨勢。平川，平原也。

三句謂稻米尚未成熟。

四句謂雨水已豐足。

五十六、顏橋道中

村村籬落總新修，處處田疇盡有秋。
一段農家好風景，稻堆高出屋山頭。（卷 29，頁 398）

首句寫村落一片新氣象。

二句寫田中秋色。

三句總綰美景。

四句詠稻穀豐收。

是旅遊詩而兼及民生。

五十七、上沙舍舟

村北村南打稻聲，竹輿隨處款柴荊。
斜陽倒景天如醉，明日山行更好晴。（卷29，頁398）

首句詠收成後打稻。

二句自乘竹輿漫遊，隨處扣農家之門。

三句寫景：夕陽倒影紅通通地，有如老天喝醉了。

四句預言明日之晴朗。

五十八、宿閭門

五更潮落水鳴船，霜送新寒到枕邊。
報道霧收紅日上，野翁猶蓋短篷眠。（卷29，頁399）

閭門，里門也。疑爲「閶門」。

首句謂人在船中，潮落水鳴。

次句詠霜寒。

三句晨霧收，紅日出。

四句詠悠閒自得之老翁，仍蓋著短篷衣睡在船上。

即情即景，便是佳詩。

五十九、餘杭初出陸

村媼群觀笑老翁，宦途何處苦龍鍾？
霜毛瘦骨猶千騎，少見行人似箇儂！（卷29，頁400）

首句寫旅途中村婦笑我。

二句詠宦遊之辛苦。

三句詠己之羸瘦，而仍率千騎。

四句以一般行人反嘲自己。

全詩用村媼口吻說話，全不寫景。

六十、桐廬江中初打槳

二十年前鬢未斑，下灘歸路落潮乾。
如今衰雪三千丈，卻趁潮平再上灘。（同上）

首句憶舊。

次句詠下灘落潮。

三句借用李白詩句，而改直述之「白髮」爲借喻之「衰雪」，與首句對峙。

四句表遊興未減當年。

此詩起承轉合，平整而不滯。

六十一、曉泊橫塘

短夢難成卻易驚，披衣起漱玉池清。
遙知中夜南風轉，洶洶前村草市聲。（卷 30，頁 414）

首句說夜泊橫塘，睡不易沉，故只能做短夢，且易驚醒。

二句以玉池形容橫塘，已是用喻。

三句詠南風，天候變晴和了。

四句詠附近市場之熱鬧。

六十二、點頭石

當年揮麈講何經？賺得堅頑側耳聽。
我自吟詩無法說，石頭莫作定盤星。（卷 32，頁 435）

首句問當年生公說法，所說何經？

二句續之：使頑石點頭。

三句說我只會吟詩，不會說法。

四句謂汝雖名點頭石，恐亦無動於衷了。

此詩爲「虎丘六絕句」之一，以下五首亦同。

六十三、千人坐

聽經人散蘚花深，千古誰能更賞音？
只好岸巾披鶴氅，風清月白坐彈琴。（同上）

此詩與上一首爲姊妹作。

首句謂千人聽經，今已散去，只有苔蘚痕深。

二句懷疑數百年之後，誰能再如此欣賞說法者？

三句自抒。

四句彈琴以代說法，猶如上一首以吟詩代說法。

六十四、白蓮池

碧泓白石偃樛枝，愛水嫌風老更低。
潭影中間龍影卧，一山好處沒人題。（同上）

首句詠水、石、樛枝三物，白蓮池之全貌已見。

二句寫自己的感受。

三句幻設龍影，以增池之光彩。

四句一轉：惋惜好景無人題詩。池在山側也。

六十五、劍池

石罅泓瀛劍氣潛，誰將樓閣苦莊嚴？
只知煖熱遊人眼，不道蒼藤翠木嫌。（同上）

首句謂此池石隙水盈，傳說池中有劍。

二句謂側有樓閣。

三句謂樓閣可增遊人興會。

四句說顧不到蒼藤翠樹嫌樓閣相礙。

此詩前半平，後半奇。

六十六、致爽閣

碧岑橫陳似斷鼇，畫蘭相對兩雄豪。
東軒只有雲千頃，不似西山爽氣高。(同上)

首句用鼇喻峯，頗肖似。

二句詠閣之兩側皆畫蘭，頗有豪氣。

三句謂東有密雲。

四句寫西山晴空萬里。

全詩由近而遠，一幅好圖。

六十七、方丈南窗

鼓板鐘魚徹曉喧，誰云方外事蕭然。
窗間日暮寒烟重，未到齋時我正眠。(同上)

首句詠四樂器：鐘、鼓、板、木魚，「徹曉喧」寫得眞切。

二句緊接而來。

三句寫暮色。

四句自抒。

以上六首，寫景、抒情各半。

六十八、次韻徐提舉遊石湖三絕

三徑荒蕪岫幌開，錦車何事肯徘徊？
春風想爲高人住，落絮殘花好在哉！(卷 33，頁 442)

首句謂石湖不過荒蕪三徑，是自謙語。

二句謂何勞貴客駕臨。

三句引出春風來，是妙轉。

四句謂園中只有落絮、殘花，但經春風修飾，亦甚佳好。

六十九、同題之二

日腳烘晴已破烟，山頭雲氣尚披綿。
卻須多謝朝來雨，沉淨明湖鏡裏天。(同上)

首句詠晴日破烟。

二句詠山頭雲氣。「披綿」爲借喻。

三句朝雨。

四句洗天－天在湖中。

七十、同題之三

天上麒麟翰墨林，當家手筆擅文心。
欲知萬頃陂中意，但向三篇句裏尋。(同上)

首句以麒麟譽徐提舉。

次句繼之。

三句泛寫石湖之景。

四句再讚徐氏之詩。

以上七十首詩，有以下六個特色：

一、寫景範圍廣泛。

二、家鄉一帶、四川爲最多。

三、白描居多。

四、用喻亦不少。

五、偶用擬人諸法，用典少。

六、多爲中品、中上品。

捌、古跡

一、白鷺亭

倦遊客舍不勝閒，日日清江見倚闌。

少待西風吹雨過，更從二水看淮山。（卷二，頁 15）

白鷺亭，在建康賞心亭側，下瞰白鷺洲，宋人馬光祖重建。

首句由「倦遊」到「不勝閒」，似矛盾而不矛盾。

二句說明「不勝閒」。

三句詠風雨作爲此遊之背景。

四句由水而山。可惜未詠出白鷺。

二、臙脂井三首

昭光殿下起樓台，拚得山河付酒杯。

春色已從金井去，月華空上石頭來。（同上）

臙脂井又名景陽井，在建康臺城內。在上元縣景陽樓下。即南朝陳時景陽宮內之井，舊傳井欄有石脈，以帛拭之，有臙脂痕。其石理光瑩可鑑，有淡紅漫布其上，略如朝霞，或謂此乃張麗華、孔貴妃脂澤所染。世傳後主與張孔三人藏其中，被縋而上，其實其孔甚小，只能容一小兒。

首句憶述陳後主事。

二句謂奢糜生活斷送江山。

三句謂張、孔春色已去。

四句謂月光仍然照上石頭城。(「石頭」亦可解作臙脂井本身。)

三、同題之二

午醉醒來一夢非，忽忽〈玉樹〉逐春歸。
臙脂卻作千年計，不似愁魂四散飛。(同上)

首句自抒。

次句〈玉樹後庭花〉似又響起。

三句謂臙脂井千百年不毀。

四句謂陳後主、張、孔二妃之遊魂只能四散分離。

物存人殞，古跡可貴。

四、同題之三

腰支旅拒更神遊，桃葉山前水自流。
三十六書都莫恨，煩將歌舞過揚州。(同上)

首句寫細腰妃嬪至今仍神遊此間。

二句詠井側桃葉山水。

三句謂史有繁文，人皆無恨。

四句謂當年歌舞仍可飄揚至揚州去。

五、長沙王墓在閶門外（孫伯符）

英雄轉眼逐東流，百戰工夫土一坏。
蕎麥芒芒花似雪，牧童吹笛上高丘。(卷 10，頁 131)

首句詠孫策乃英雄，已隨波濤遠去。

次句繼之，再好的戰功，最後也變成一堆土丘。

三句寫墓側之景，以增悽惻之情。

四句詠牧童。此際之牧童，猶勝當年之大英雄矣。

六、虞姬墓（在虹縣下馬鋪北三十七里。）

劉項家人總可憐，英雄無策庇嬋娟。
戚姬葬處君知否？不及虞兮有墓田。（卷 12，頁 145）

首句石破天驚：秦末兩位大英雄，妻妾皆不得好命運。

二句續之，更有力道。

三句說劉之戚姬事－為呂后陵虐至死者。

四句云相對而言，虞姬有墓，亦云幸矣。

七、雷萬春墓（在南京城南，環以小牆，榜曰「忠勇雷公之墓。」）

九隕元身不隕名，言言千載氣如生。
欲知忠信行蠻貊，過路胡兒下馬行。（同上）

雷萬春墓在商邱縣南一里。此南京，即原應天府，今河南歸德市。萬春乃張巡大將，安祿山命令狐潮圍雍丘，萬春上城上與潮語，潮軍射之，六矢著面而不動，後與巡同死。

首句謂英雄九死而不朽。

二句切萬春與令狐潮對語中箭而面不改色。

三句謂此忠勇之將，可示蠻人以忠信之道。

四句謂過路胡人，應下馬膜拜他。

八、雙廟（在南京北門外，張巡、許遠廟也，世稱「雙廟」，南京人呼為「雙王廟」。）

平地孤城寇若林，兩公猶解障妖祲。
大梁襟帶洪河險，誰遣神州陸地沉？（卷 12，頁 146）

首二句謂二將為大唐堅守孤城。

三句謂此處山河俱險要。

四句斥責唐玄宗朝昏昧，平白斷送江山，雖有大將，奈聲勢不如敵寇何！

九、伊尹墓（在空桑北一里，有磚堠刻云「湯相伊公之墓」。相傳墓左右生棘，皆直如矢。）（同上）

三尺黃墟直棘邊，此心終古享皇天。
汲書猥述流傳妄，剖繫嗟無咎單篇。（同上）

伊尹墓在商邱縣東南四十里。

首句述伊尹墓情況。

次句譽其不朽。

汲書，晉時汲郡古冢所出之先秦古書也。書中有謗伊尹之文，故三句斥之。

四句續三句意。

十、留侯廟（在陳留縣中。案王原叔諸家考子房所封，乃彭城留城，非陳留也，自宋武下教修復時，其失久矣。）

功成輕舉信良謀，心與鴟夷共一舟。
呂媼區區無鳥喙，先生輕負赤松遊。（卷 12，頁 146）

首句謂張良舉重若輕，輔漢立國。

二句謂他功成不居，心與范蠡相同，意在退隱。

三句謂呂后微不足道，不能傷及張良。

四句直述張良從赤松子遊，逍遙於塵世之外。

四句四意，其實一以貫之。

十一、宜春苑

狐塚獾蹊滿路隅，行人猶作御園呼。
連昌尚有花臨砌，腸斷宜春寸草無。（卷 12，頁 147）

宜春苑在開封城東門外

首句寫宜春苑現況之荒涼。

二句謂名稱不改。

三句說連昌宮尚有不少花草。以彼比此。

四句「寸草無」直對「花臨砌」，亦與「狐塚獾蹊」遙應。

十二、京城

倚天櫛櫛萬樓棚，聖代規模若化成。

如許金湯尚資盜，古來李勣勝長城。（同上）

此京城指開封府。

首句寫開封樓台巍然。

次句謂大宋故城若大化所造。

三句說如今固若金湯之城池，尚爲金人所竊據。

四句謂可見萬里長城不如一二大將。

全詩感慨之情不言而諭。

十三、州橋（南望朱雀門，北望宣德樓，皆舊御路也。）

州橋南北是天街，父老年年等駕迴。

忍淚失聲詢使者：「幾時眞有六軍來？」（同上）

首句詠天橋之地理位置。

二句詠父老殷盼復國之情。

三句忍淚對我（使者）詢問。

四句謂何時大軍復返，解救生民？

三句承而似轉。

十四、宣德樓（虜加崇葺，僞改爲承天門。）

嶢闕叢霄舊玉京，御牀忽有犬羊鳴。

他年若作清宮使，不挽天河洗不清。（卷 12，頁 148）

首句謂舊京之樓已被修葺。

二句謂御牀上有犬羊，此犬羊可以是實寫，亦可比喻胡人。

三句謂他年若返此京。

四句謂須挽天河之水，才能洗清腥羶。

十五、市街（京師諸市皆荒索，僅有人居。）

梳行訛雜馬行殘，藥市蕭騷上市寒。
惆悵軟紅佳麗地，黃沙如雨撲征鞍！（同上）

首句詠市街之蕭條。

次句繼之。

三句回憶當年盛景。

四句對照黃沙撲鞍之現況。

十六、扁鵲墓（在湯陰伏道路旁，相傳墓上土可療病，禱而求之，或得小圓如丹藥。）

活人絕技古今無，名下從教世俗趨。
墳土尚堪充藥餌，莫嗔醫者例多盧。（同上，頁149）

自濬州屯子河車行四十五里，過伏道，望鵲墓，墓前多生艾，功倍于他艾。

首句讚譽扁鵲醫術。

二句繼之。

三句謂墳土可充藥丸。

四句說因扁鵲姓盧，故世俗醫者多從而姓盧，以廣招攬。

未描寫其墓之景象。

十七、文王廟（在羑里城南）

堂堂十亂欲興周，肯使君王死作囚。
巧笑入宮天亦笑，可憐元不費深謀。（卷12，頁150）

首句謂商末多亂，似是老天欲興姬周。

二句謂紂囚文王於羑里爲囚，乃考驗他。

三句一笑解愁。

四句謂天意如此，不用人出深謀。

十八、藺相如墓（在邯鄲縣南，趙故城之西。）

玉節經行虜障深，馬頭釃酒奠疏林。
茲行璧重身如葉，天日應臨慕藺心。（同上，頁151）

首句謂自己正出使北方。

二句謂經此墓釃酒祭藺。

三句謂己亦如藺懷璧（國家使命）在身，而身輕如一葉。

四句謂我心慕藺，天日可鑒。

完全把自己比作當年的藺相如，兢兢業業，如履薄冰。

十九、光武廟（在柏縣北，兩壁有二十八將像。廟前有二石人，皆自腰而斷，俗傳光武夜過，以爲生人，問途不應，劍斬之云。）

雲台列像拱眞人，野老猶誇建武春。
不用劍鋒能剸石，冰河一瞥已通神。（卷12，頁153）

首句寫雲台二十八將塑像栩栩如生。

二句建武指光武帝年號（25-56），謂父老猶懷念光武時代盛況。

三句謂光武神勇。

四句謂他一瞥能通神。

全詩除二十八將外未寫廟貌。

二十、宋玉宅（相傳秭歸縣治即其舊址，縣左旗亭，好事者題作宋玉東家。）

悲秋人去語難工，搖落空山草木風。
猶有世人傳舊事，酒壚還在宋家東。（卷19，頁272）

首句以「悲秋」代「悲哉秋之爲氣也」，後半謂後世人詠秋難比宋玉。

二句仍引宋玉詩句。

三句謂今人好事，紀念宋玉。

四句傳說宋玉故宅之東仍有酒壚。

以上二十首古跡詩，有四個特色：

一、多爲名人故跡或廟宇。

二、述人事稍多於寫景。

三、白描多於用喻，用典則切題爲之。

四、多爲中品之作。

玖、論史

一、讀史三首

百歲虧成費械機，烏鳶螻蟻竟同歸。
一檠燈火挑明滅，兩眼昏花管是非。（卷二，頁 17）

首句謂百年成敗之論定煞費心思。

二句謂大鳥小虫不免同歸一死。

三句謂燈下讀史。

四句謂要管古今是非，其實雙眼昏花。

意謂論史證史不易爲也。

二、同題之二

堂堂列傳冠元功，紙上浮雲萬事空，
我若材堪當世用，他年應只似諸公。（同上）

首句謂史傳中多少人傑。

二句說其實只是紙上文章，等同空無。

三句轉向自身：我若立功於世。

四句謂將來身後也是一場空。

三、同題之三

鏤冰琢雪戰毛氅，畫餅聲名骨朽時。
汗簡書青已兒戲，峴山辛苦更沉碑！（同上）

首句謂鏤冰琢雪終是空。

次句謂人死後聲名如畫餅。

三句謂史書如兒戲。

四句謂紀念碑終將沉沒或毀棄。

三詩主題一以貫之，謂生前功名死後必成空。

四、題開元天寶遺事四首

御前羯鼓透春空，笑覺花奴手未工。
一曲打開紅杏蕊，須知天子是天公。（卷三，頁 34）

汝陽王璡，寧王子也。常戴砑絹帽打曲，上自摘紅槿花一朵置于帽簷，奏舞山香一曲，而花不墜落。上大喜曰：「花奴資質明瑩，肌髮光細，非人間人，必神仙謫墮也。」寧王謙讓，隨而短斥之。上笑曰：「大多不須過慮，阿瞞自是相師。花奴但端秀過人，無帝王之相，故無猜也。」又高力士遣取羯鼓，上臨軒縱擊一曲，曲名〈春光好〉。及顧柳杏，皆已發坼。上笑謂嬪御曰：「此一事，不喚我作天公可乎？」

此詩全用此段典故。

首句寫玄宗擊鼓。

二句故意把李璡比下來。

三句謂鼓聲催開紅杏。

四句用原文，玄宗自稱是天公。

五、同題之二

謝蠻舞袖貴妃絃，秦國如花虢國妍。
不賞纏頭三百萬，阿姨何處黃金錢？（同上）

首句寫謝姬舞，楊貴妃奏樂。

次句寫秦國夫人、虢國夫人之美，一用常喻，一直描。

三句極言玄宗之奢，一賞纏頭，竟有三百萬錢之多。

四句謂諸阿姨（指貴妃及諸夫人）費錢本多。

六、題傳記二首

莫將絲筆寄朝雲，紅淚羅巾隔路塵。
說與東風無限恨，倩風吹斷去年春。（卷四，頁46）

首句謂東坡寵妾朝雲之逝。

次句謂生離死別。

三句謂此恨只能寄語東風。

四句彷彿東風吹散了去年之歡樂。

二「風」重複。

七、讀唐太宗紀（平內難。）

宮府相圖勢不收，國家何有各身謀。
縱無管蔡當時例，業已彎弓肯罷休！（卷五，頁52）

此詩直詠玄武門之變。

首句謂宮中兄弟（指太宗與建成、元吉）相爭，勢不可遏。

二句各人相謀，把國家置于身後。

三句用周公誅管、蔡之故典相比擬。

四句謂箭已在弦上，不得不發。

八、同題之二

弟兄相賊斁天倫，自古無如舜苦辛。
掩井捐階危萬死，不聞親殺鼻亭神。（同上）

首句譴責兄弟相殺害。

二句謂舜之受害于後母及弟最慘。

三句明述其事實。

四句謂舜只退讓，未嘗殺弟。以此斥責太宗太狠。

九、同題之四

建成回馬欲馳歸，元吉行趨武德闈。
若使兩人俱得去，卻於何處極兵威？（同上）

首二句根據史實，謂玄武門之變，建成、元吉原有逃脫之可能。

三句假設。

四句謂世民何得展其兵威。

全詩之意，似在得饒人處宜饒人。

十、弔陳叔寶詞

賞心亭上再來遊，烟月迷人獨自愁。
行到江邊無去路，卻隨潮水過揚州。（卷 11，頁 144）

首句謂再遊陳後主之亭園。

二句烟月迷人，多少愁思。

三句行到江邊無去路，是一語雙關：我之無路，猶叔寶當年之無路可投。

四句謂只好做人俘虜。

此詩妙處在古今合璧。

以上十首詩，有四個特色：

一、多詠著名古人。

二、君王幾居一半。

三、有正述者，有翻案者。

四、白描直說者居多。

拾、詠畫

一、題畫卷五首

鑿落秋江水石明，高楓老柳雨灘橫。

君看疊巘雲容變，又有中宵雨意生。（卷二，頁 23）

此詩全寫畫面景致。

首句秋江水石。

次句高楓老柳。

三句疊巘雲容。

四句中宵雨意。

江石楓柳山雲雨。

二、同題之三

春陰十日溪頭暗，夜半西風雨腳收。

但覺奔霆吼空谷，遙知萬壑正爭流。（同上）

首句詠春陰溪頭。

二句詠西風殘雨。

三句奔霆空谷。

四句萬壑爭流。

全詩除「但覺」、「遙知」外，全部實寫實描。

三、題山水橫看二首之二

霜入丹楓白葦林，橫烟平遠暮江深。
君看鴈落帆飛處，知我秋風故國心。（卷一，頁 9）

首句詠霜楓白葦。
次句橫烟暮江。
三句雁落帆飛。
四句獨抒情：秋風故國。
三景一情，別是一格。

四、次韻李子永梅村散策圖

光風先放越溪春，蕭散尋詩索笑人。
藜杖前頭春浩蕩，三生應是主林神。（卷十，頁 122）

首句詠光風溪色。
二句詠散策人。
三句合一、二句再吟。
四句夸飾作合。
此詩不如前三首具體。

五、題醉道士圖

蜩鷃鵬鵾任過前，壺中春色甕中天。
朝來兀兀三杯後，且作人間有漏仙。（卷 11，頁 140）

首句用莊子典，謂世間萬象，不論大小，猶過眼雲烟。
二句謂我之壺中甕中盡是春色美酒。
三句詠朝飲。
四句作地仙。

六、題李雲叟畫軸，兼寄江安楊簡卿明府二絕

蒼烟枯木共荒寒，籬落堤灣沟漲湍。
歸路宛然歸未得，閒將李叟畫圖看。（卷 22，頁 319）

首句寫畫面之蒼烟槁木。
二句寫籬寫堤寫灣流，由近而遠。
三句忽然跳出去：說自己未有歸路。
四句故看李畫自慰。

七、題徐熙風牡丹二首：白花

寒入仙裙粟玉肌，舞餘全不耐風吹。
從教旅拒春無力，細看腰支嫋嫋時。（卷 24，頁 315）

首句寫白牡丹如仙裙玉肌。
二句謂弱不勝吹。
三句謂違拒春風無力，接上句意。
四句寫其腰肢柔弱。

八、題秋鷺圖

昨夜新霜冷釣磯，綠荷消瘦碧蘆肥。
一江秋色無人問，盡屬風標兩雪衣。（卷 28，頁 391）

首句詠新霜釣磯，爲鷺布景。
次以荷、蘆輔之。
三句有意一抑。
四句標榜秋鷺：兩翅如兩雪衣也。

九、題趙希遠案鷹圖

學射春山萬歲湖，牙門列騎卷平蕪。
如今黃土原邊夢，猶識呼鷹嗾犬圖。（卷 28，頁 392）

首句追述希遠當年學射。

次句續之，記其行伍雄姿。
三句謂舊夢未歇。
四句始點出其鷹犬圖。

十、題米元暉吳興山水橫卷

道場山麓接何山，影落苕溪浸碧瀾。
只欠荷花三十里，橛頭船上把漁竿。（卷 28，頁 393）

按米友仁北宋名家也，此畫亦名作。
首句詠山水內容。
二句寫溪水，山影落溪中。
三句乃假擬。
四句亦設景。

十一、淨慈顯老為衆行化，且示近所寫眞，戲題五絕，就作畫贊之四

何時平地起浮圖，化得冬糧但付廚。
推倒禪牀井拄杖，飢來喫飯看西湖。（卷 31，頁 425）

首句詠寺。
次句詠行化布施。
三句謂禪林禪杖俱可不顧。
四句喫飯看風景。
此一寫眞，實寫淨慈顯老其人。

十二、戲題趙從善兩畫軸三首（王正之云：「從善家有琵琶妓，甚工。」病翁未得見，借此畫以戲之。）

一枝香杏一枝梅，各占東風挂玉釵。
居士石腸都似夢，王孫心眼怎安排？（卷 31，頁 421）

首句謂畫上有二佳女，以李梅為喻。

二句實寫其頭戴玉釵。

三句謂居士不動心。

四句說王孫必動心。

十三、同題之三

搔頭珠重步微搖，約臂全寒東未牢。
要見低鬟揎玉腕，更須斜抱紫檀槽。(同上)

首句寫女之頭飾。

次句詠女之手飾。

三句謂低鬟玉腕俱美。

四句謂若抱琵琶則更佳妙。

以上十三首，有四特色：

一、以畫面描寫爲主。

二、偶及畫家爲人。

三、白描爲主。

四、偶有用喻。

拾壹、哲理

一、偶書

出處由人不繫天，癡兒富貴更求仙。
東家就食西家宿，世事何緣得兩全。（卷四，頁 44）

首句謂人定勝天。

次句謂有慾則求。

三句謂四處謀求。

四句謂世事甚難兩全。

此詩迴環兩端，先重人事，後重天緣。

二、題日記

誰言萬事轉頭空，未轉頭時亦夢中。
若向夢中尋夢覺，覺來還入大槐宮。（同上，頁 45）

首句謂世事轉瞬成空。

次句謂非空即夢。

三句謂若求夢醒。

四句說醒後又入夢境。

此詩用二十八字說人生如夢，閃避不得。

三、題記事冊

北山山下小菴居，佛劫仙塵只故吾。
八萬四千空色界，不離一法認毘盧。（卷四，頁 49）

首句詠隱居。

二句謂謹守自我。

三句謂萬法皆空。

四句謂重要的是自認法身。

二、四句其實同義。

四、偶書

伯勞東去燕西飛，同寄春風二月時。
可恨同時不同調，此情那得更相知。（卷 11，頁 143）

首句詠二鳥分飛。

二句謂同時發生。

三句遺憾不同步調。

四句仍憾二物同時而不能成爲知音。

此以物喻人也。

五、偶題

檐雨初乾團扇風，夕陽芳樹綠蔥蔥。
蕉心榴萼俱無賴，要與春衫相並紅。（卷 14，頁 173）

首句詠雨止來風。

次句詠夕照芳樹。俱爲春日美好景象。

三句謂焦榴調皮活潑。

四句說要和人之春衫比美。

一大片美好大自然風景，頗寓天人合一之旨趣。

六、無題

聞道明朝送舊官，無情更鼓夜將闌。
此生見面知何日？忍淚須臾子細看。（卷17，頁239）

首句說事由：送官。

次句謂時間過得忒快。

三句不知一別何時再會。

四句以故忍淚相看。

此詩寫人生苦短，別情可惋。

七、戲書二首

長病人嫌理亦宜，吾今有計可扶衰。
煩君舁著山深處，恐有黃龍浴水醫。（卷23，頁327）

首句詠人老久病招人嫌棄。

二句說扶衰治病之方。

三句續言之。

四句完足之。

黃龍浴水，是否眞正能醫好老病，殊不可知，但此詩展示一種達觀的人生觀。

八、同題之二

群兒欺老少陵窮，口燥脣乾髮漫衝。
顛沛須臾猶執禮，古來惟有一高共。（同上）

首句用老杜〈茅房爲秋風所破歌〉一詩之典。

二句又誇張之。

三句一轉，謂人在顚沛煩亂之際猶能謹守禮法，殊不容易。

四句以高共爲典範。高共，戰國趙人，趙襄子之臣，襄子滅知氏行賞，高氏爲上，張孟同曰：「晉陽之難，惟共無功。」襄子曰：「方晉陽急，群臣皆懈，惟共不敢失人臣體，是以先之。」

此詩讚美凡事從容、不失大體之人。

九、偶箴

情知萬法本來空，猶復將心奉八風。
逆順境來欣戚變，咄哉誰是主人翁！（卷 26，頁 361）

八風，搧動人心之八物：哀利毀譽稱譏苦樂，四順四違。
首句謂萬法本空。
二句謂人仍身不由己。
三句謂八風主宰人心。
四句說人不能把持自己。

十、戲題無常鐘二絕之二

合成四大散成空，草木經春便有冬。
生滅去來相對代，爲君題作有常鐘。（卷 31，頁 422）

首句謂火土水風「四大」，原是空無。
二句謂草木忽生忽滅。
三句續二句意。
四句謂有常即是無常。
全詩說人生無常。

以上十首，有四特色：
一、說理爲主。
二、偶有抒情。
三、多說佛理。
四、時讚美德。

拾貳、民生與民歌

一、甘雨應祈三絕

晚稻成苞未肯肥，鵓鳩啼曉雨來時。
黃紬被冷初眠覺，先向芭蕉葉上知。（卷 14，頁 182）

首句謂晚稻不肥。

次句以鵓鳩曉啼引春雨。

三句抒晨冷。

四句以芭蕉受雨相輔。

二、同題之二

數日雖蒙靡霂霑，浥塵終恨太廉纖。
今朝健起巡檐看，恰似盧山看水簾。（同上）

首句說雨。

次句嫌雨小。

三句起床看雨。

四句以廬山雨相比匹。

三、同題之三

高田一雨免飛埃，上水綱船亦可催。
說與東江津吏道，打量今晚漲痕來。（同上）

首句說雨來。

次句謂雨水利船行。

三句告吏。

四句預期今夜雨更大。

三首由不同角度詠春雨。

四、兩頭纖纖二首

兩頭纖纖操官繭，半白半黑鶴鷺緣。
腷腷膊膊上帖箭，磊磊落落封侯面。（卷 11，頁 141）

首句詠蠶繭：白。

次句詠鶴鷺：半白半黑。

三句詠箭聲。

四句合詠封侯得志。

以三烘一。

五、同題之二

兩頭纖纖小秤衡，半白半黑月未明。
腷腷膊膊扣户聲，磊磊落落金盤冰。（同上）

首句詠秤，黑。

次句詠月半明：白黑。

三句詠敲門聲。

四句合爲富貴態。

亦是以三烘一。

六、歸州竹枝歌二首

東鄰男兒得湘纍，西舍女兒生漢妃。
城郭如村莫相笑，人家伐閱似渠稀。（卷 16，頁 213）

首句湘纍，謂屈原之死，不因罪死曰纍。此謂男兒成英雄。

次句謂女兒成貴人。

三句謂城鄉本無不同。

四句謂人家不如我家。

七、同題之二

> 東岸艬船拋石門，西山炊烟連白雲。
> 竹籬茅舍作晚市，青蓋黃旗稱使君。（同上）

首句詠泊船。

次句詠山景。

三句詠晚市。

四句詠富貴。

蓋詠太平時日光景也。

八、夔州竹枝歌九首

> 五月五日嵐氣開，南門競船爭看來。
> 雲安酒濃麴米賤，家家扶得醉人回。（卷 16，頁 220）

首句寫端午天氣。

次句寫賽龍舟。

三句詠雲安豐收。

四句詠家家醉樂。

九、同題之三

> 新城果園連瀼西，枇杷壓枝杏子肥。
> 半青半黃朝出賣，日午買鹽沽酒歸。（同上）

首句寫當地果園。

二句列舉二水果。

三句青黃交雜。

四句買回鹽酒。

富庶之態如見。

十、同題之五

白頭老媼簪紅花，黑頭女娘三髻丫。
背上兒眠上山去，採桑已閑當採茶。(同上)

全詩寫當地婦女生活。
首句詠老媼形象。
次句詠少女少婦情狀。
三句詠背兒上山。
四句謂季節已變，不採桑，改採茶。

十一、采菱戶

采菱辛苦似天刑，刺手朱殷鬼質青。
休問〈揚荷〉〈涉江曲〉，只堪聊誦〈楚詞〉聽。(卷 20，頁 290)

首句詠采菱之苦。
次句細寫菱角刺手之情狀。
三句故意說不唱〈揚荷〉〈涉江曲〉。
四句改誦〈楚辭〉。
其實三、四句可視作互文。

以上十一首或爲關心民生之作，或爲純粹民歌，有四特色：
一、親民。
二、口語化。
三、生活化。
四、白描鮮喻。

結語

一、以田園詩爲冠冕。

二、重視民生。

三、題材寬闊。

四、文字流暢。

五、甚少拗句異詞。

六、用喻不多。

七、用典不多。

八、亦少用擬人法。

九、作法變化較少。

十、質樸自然。

十一、甚少騁才。

十二、愛國詩亦平易。

十三、以蘇州地區爲主要題材。

十四、甚少豪放之作。

十五、多爲中品、中上品之作，上品不多。